DIE WUNDERKAMMER DER WELTENERDE

Band 1

von Alexian Chrysander

Bibliografische Information der Deutschen
Nationalbibliothek:
Die Deutsche Nationalbibliothek verzeichnet diese
Publikation in der Deutschen Nationalbibliografie;
detaillierte bibliografische Daten sind im Internet über
http://dnb.dnb.de abrufbar.

Herstellung und Verlag: BoD – Books on Demand,
Norderstedt

ISBN: 978-3-7534-0604-6

Inhaltsverzeichnis

Vorwort

Wunderkammern gibt es wirklich und sind der Vorläufer der heutigen Museen. Sie waren ein teilweise wildes Sammelsurium an Exponaten aus den Bereichen Naturkunde, kunsthandwerkliche Arbeiten, Artefakten und anderen Raritäten ihrer Zeit, quer aus allen Ecken unserer Welt zusammengetragen.

Ähnlich verhält es sich hier mit diesen Kurzgeschichten. Sie sind Teil der ersonnen Weltenerde, die mal mehr oder weniger nebulös in meinem Kopf vor sich hin geistern. Sich diese Geschichten oder Anekdoten auszudenken, reifen zu lassen und weiter auszustaffieren, das verschafft mir einen Ausgleich zu meiner täglichen Arbeit. Dadurch sind über die Zeit kürzere und längere Episoden dieser Reisen entstanden und sollen nun das Licht ihrer Welt auf diesen Seiten erblicken.

Inspiriert von den Kurzgeschichten der Autoren phantastischer Horrorliteratur des ausgehenden

19. und beginnenden 20. Jahrhunderts, verorten sich meine Erzählungen ebenso in diesem Genre.

Die hier veröffentlichten Kurzgeschichten sind selbst verfasst und ein self-publishing Projekt. Die Texte sind daher nicht professionell lektoriert und so möge man mir den einen oder anderen Fehler nachsehen.

Die Tote in der Zelle

Es gibt nichts Schlimmeres als das Leben eines Menschen auszulöschen. Dennoch, es fasziniert und fesselt ein breites Publikum. Die prophetische Ankündigung dieser Tat alleine löst im interessierten, wie auch gelangweilten Leser eine faszinierte Neugierde in den dunkelsten Tiefen seines Brägens aus. Das für sich scheint ausreichend, sei die Kulisse noch so eintönig, die Figuren noch so seicht. Zu jenem Lustspiel gesellt sich ein Konglomerat aus einem verabscheuungswürdigen Wesen der menschlichen Art, dem ein jeder Leser vergönnt zu sterben. Dazu etwas falsche Loyalität und ein endgültiges Urteil, dem geschriebenen, hier aber dem empfundenen Recht zugeordnet. Dies alles reiße man aus den vertrauten Mesokosmos einer geordneten Gesellschaft und stecke seine Handlung in den Mikrokosmos eines einzelnen Raumes.

An dem todbringenden Ergebnis selbst vermag ich tatsächlich keinen allzu großen Anteil zu nehmen. Doch bei Gott, der Weg der Jule Heuer hin zu diesem Tod berührte Elemente des menschlichen Seins, deren Offenbarung sich für mich mehr als beunruhigend präsentierten.

Jule Heuer wurde – soweit mir das von Graf Kanelinger berichtet wurde – in ein sorgenloses Leben geboren. Als Tochter eines gut situierten Müllers an der Grafschafter Wiese, war sie mit einem hübschen Gesicht und wohlgeformtem Körper gesegnet. Sie besaß die beste Ausgangsbedingungen, um dem hiesigen Baron zu gefallen. Dieser hatte durch einen Diener bereits vorsichtig Auskünfte über die schöne Müllerstochter einholen lassen. Ich bin noch heute davon überzeugt, dass nichts Schlechtes in ihrer Seele wohnte oder von dergleichen Besitz ergriffen hatte. Doch das Kind empfand sein behütetes Leben als quälend öde und wie so oft in diesem irdischen Sein ist gerade der Müßiggang der Nährboden schlechter Entscheidungen. So habe sie wilde Abenteuer zu erleben, den auferlegten häuslichen Pflichten vorgezogen. Als junge Frau von vierzehn Jahren stahl sie sich Nächtens wohl oft in das nahe Wirtshaus und tanzte und zechte dort mit den Burschen. Mit sechzehn Jahren erlebte sie die eine oder andere Liebschaft im nahen Heuschober. Im Herbst vor siebzehn Monaten aber sei sie an Johann Hochleitner geraten; den übelsten Spießgesellen dieser Zeit und Gegend.

Johann Hochleitner war der Hauptmann einer gefürchteten Räuberbande und überfiel regelmäßig die Kutschen der reichen Kaufleute. Er brauchte Jule nicht viele Versprechungen zu machen. Sie gefiel ihm und er gefiel ihr. Sie riss in der gleichen Nacht noch mit ihm aus und ward nicht mehr gesehen, ebenso das sauer angesparte Geld der Eltern. Sie zog mit der Bande von Ort zu Ort und beteiligte sich sogar an den Überfällen. Hierbei machte sie scheinbar besonders von sich reden, da sie immer in ekstatischer Begeisterung die unterworfenen Opfer zu quälen und zu demütigen wusste, ehe sie sich daran ergötzte wie sie elendig zu Tode gebracht wurden. Befand sich ihr Johann auf einen dieser Raubzüge, zu denen er sie nur noch gelegentlich mitnahm, so vergnügte sie sich mit den anderen Schergen der

Bande. Eine ebenso der Gesellschaft abtrünnig gewordene Gemeinschaft aus fahnenflüchtigen Soldaten oder leidlichen Spielleuten, deren Auskommen sie durch kleinere Diebstähle bei den beauftragten Festgesellschaften aufpolierten.

Kurzum: Vom reichsten bis sogar zum ärmsten Haushalt dieser Gegend befand man gerade den Johann Hochleitner als das schlimmste Übel überhaupt. Nicht einmal der seit 27 Jahren tobende Krieg beschwor mit seinen Schrecken einen schauerlicheren Dämon herauf. Dass diese landläufige Ansicht nicht in seiner Gänze der Wahrheit entsprach, das war mir wohl bekannt. Und das sollte Jule auch schon sehr bald mit erschreckender Einsicht feststellen.

Jule war, für sie selbst überraschend, mitten in der Nacht aus ihrer kleinen Dachkammer auf dem Langenweiher Hof gewaltsam herausgeholt worden. Ihre Häscher hatte sie dabei weder gesehen, noch erkannt. Als sie mitten in der Nacht noch von einem Geräusch an ihrer Schlafstatt aufgeschreckt wurde, starrte sie in die von mir plötzlich geöffnete Laterne

14

und war geblendet. Das nächste woran sie sich zu erinnern wusste, war in dem Verlies des Grafen noch unterhalb des Weinkellers auf Schloss Schwarzmoor wieder erwacht zu sein. Ihr Kopf dröhnte ihr immer noch von dem heftigen Schlag, mit dem ich sie bedacht hatte. Sie geriet in ihrer jetzigen Situation nicht in Panik oder Hysterie, wie man es von einer schuldigen Person nun erwartet hätte. Nein, Jule wusste oder zumindest ahnte warum sie dort war. Hätte sie jedoch gewusst, welches namenlose Grauen ihr bevorstand, so wäre sie sicherlich nicht so ruhig durch ihre neue, klamme Wohnstatt gewandert.

Die Zelle in der sie sich befand, mochte vielleicht siebzehn Fuß tief und zehn Fuß breit sein. Ihre Höhe konnte sie mit dem halb ausgestreckten Arm ohne Mühe selbst bemessen. Die massive, mit Eisen beschlagene Tür, war an der Stirnseite des rechteckigen Raumes angebracht. Die Zelle war fensterlos und tief in der Erde eingegraben. Allein ein kleines, rundes Gitter in der Mitte der Decke warf fahles Licht im Schein eines ebenso fahlbleichen Lichtkegels auf den harten Lehmboden. Das wenige Licht ließ den Raum mit seiner basaltschwarzen Farbe sehr undeutlich erkennen. Trotz der geringen Größe des Raumes war es ihr kaum möglich auch nur zur erahnen was sich am anderen Ende dieses finsteren Raumes befand. In der Mitte, genau unter dem Lichtkegel, befand sich ein in den Boden gemauertes Loch. Es war kaum breiter als ein Nachttopf. Offensichtlich war dieses finstere, bodenlose Loch auch für diese Funktion gedacht. Etwas Stroh lag in einer Ecke zusammengehäuft zu einer Schlafstätte. Jule erfühlte eine ganze Reihe von Eisenringen, die in regelmäßigen Abständen in die Wände getrieben waren, aber ungenutzt herunter hingen. Mehr gab es in diesem grob gehauenen Gefängnis nicht zu sehen.

Jule betrachtete sich selbst im Schein des wenigen Lichts. Sie fröstelte, da sie immer noch mit ihrem Nachthemd bekleidet war. Sie setzte sich auf das Stroh und beobachtete die Decke mit dem dunstigen Lichtkegel. Etwas Wasser tröpfelte immer wieder durch das Gitter und fiel ungehört in die Bodenlosigkeit des Lochs darunter. Sie horchte in die stille Dunkelheit und vermochte doch nur das Schnuppern und leise Tippeln der Ratten vor ihrer Tür zu hören. Diese ruhige Atmosphäre übertrug sich auf ihr Gemüt und sie döste auf dem Stroh wieder etwas vor sich hin. Der pulsierende Schmerz in ihrem Kopf ließ nun langsam nach. Ihre Gedanken kreisten immer wieder um die Nacht ihrer Ergreifung. Sie überlegte fieberhaft, ob ihr Johann neben ihr gelegen hatte oder die Betthälfte leer und kalt lag.

Mit einem harten, dumpfen Knall schob sich der Riegel der schweren Holztür auf. Jule schreckte über dieses plötzliche Geräusch kurz zusammen. Eine Fackel loderte hinter der finsteren Silhouette, die langsam mit behutsamen Schritten in den Raum trat. Ein Mann blieb stehen und wartete bis sie ihn ansah. Sein grauweißes Haar war wirr geworfen und glühte vom Licht der Laterne hinter ihm einem Heiligenschein gleich. Doch selbst wenn sie sein Gesicht gesehen hätte, sie hätte ihn nicht erkannt. Ehrlich gesagt hätte mir dieses unscheinbare Allerweltgesicht auch niemals die schauerliche Assoziation von solch perfider Grausamkeit in die Nackenharre getrieben, hätte ich diese Seite an dem Grafen nicht bereits kennengelernt.

«Guten Tag Fräulein Heuer», begrüßte der Schatten sie mit galantem, ruhigem Tonfall.

«Was willst du von mir?», giftete sie ihn sofort an. Ein Fehler wie ich dachte, doch der Schattenmann reagierte nur mit seiner stoischen Gelassenheit auf diese Anfeindung.

«Ihr werdet mir den Aufenthaltsort von Johann Hochleitner und seinen Schergen benennen», erklärte er in freundlicher, aber nachdrücklicher Bestimmtheit. Jule hatte ihre Augen etwas an das Licht gewöhnen können. Das Gesicht des Mannes blieb ihr dennoch in Schatten verborgen.

«Warum sollte ich das tun?», zischte sie mit plötzlich erwachter Wut über die Forderung, ihren Geliebten zu verraten. Der Schattenmann hockte sich im Türrahmen hin und musterte sie als sei sie seine erlegte Beute. Sein von glühendem Haar eingerahmter Kopf legte sich etwas zur Seite.

«Zwingt mich nicht andere Maßnahmen zu ergreifen», belehrte er sie mit einem gestrengeren Unterton.

«Sonst was?», fauchte sie zurück «Willst du mich schlagen? Ist es das was du bist? Ein Frauenschläger?» Jule reagierte dabei wohl haltloser als sie in ihrer derzeitigen Lage eigentlich wollte. Die Wut über ihre Situation aber brachte sie aus der Fassung. Der Schattenmann fuhr bei dieser Unfreundlichkeit senkrecht in die Höhe. Seine Hände faltete er dabei auf den Rücken und erweckten mit dieser Körperhaltung das Bild einer tadelnden Vaterfigur.

«Ihr werdet mir den Aufenthaltsort von Herrn Hochleitner schon sehr bald benennen», erklärte er mit zurückgehaltener Wut und fuhr fort «Ihr werdet mich sogar darum anflehen ihn sagen zu dürfen. Und ich verrate Euch noch etwas: Niemand wird dafür auch nur ein Haar von Euch nehmen.» Seine letzten Worte waren kalt und doch wirkten sie mehr wie die Weitergabe einer Information, als eine Drohung. Sie erahnte in dem im Schatten verdeckten Gesicht nur die bleichen Zähne, die sie nun leicht anbleckten. Auch die Augen funkelten jetzt erst schwarz und dunkel durch das wenige Licht der Decke. Ihr Fänger sprang, wie vom Teufel selbst gejagt, aus dem Raum in den Flur zurück. Ein lauter Knall und die Tür wurde wieder verriegelt. Die Schritte verschwanden rasch hinter den dicken Brettern der Tür und Jule blieb zusammengefahren in der Dunkelheit ihrer Zelle allein zurück. Ihre Gedanken rotierten um diese letzte Aussage. Sie beschlich das ungute Gefühl, dieser Mann drohte nur wenn es ihm wirklich ernst gemeint war und wie ich bereits wusste und sie später erfuhr, sollte sie damit recht behalten.

Schon sehr schnell stellte Jule fest, was der Schattenmann mit seiner Ankündigung gemeint hatte. Tatsächlich war dieser Grund von so plumper Harmlosigkeit, dass ich mich heute noch dafür schellten könnte, wenn ich daran denke welches unausgesprochene Grauen ich ihm seinerzeit unterstellte. Doch auch ich sollte – wie so oft – durch sein Handeln eines Besseren belehrt werden. Jule erhielt von ihm weder zu Essen, noch zu Trinken. Einzig das tröpfelnde Wasser von der Decke verhinderte ihre vollkommene Dehydration oder zumindest verlangsamte es diesen Zustand.

Stand Jule am ersten Tag nur vereinzelt unter dem Licht und fing die Tropfen mit den Handflächen auf, so stand, hockte und lag sie schließlich am zweiten und dritten Tag schon immer häufiger unter dem Tropf. Am fünften Tag verließ sie die Stelle gar nicht mehr. Ihr Kopf ruhte dabei etwas in dem kleinen, finsteren Loch versunken. Zu Beginn hatte sie den Kopf abgestützt oder hochgehalten, da ihr vor dem Loch ekelte in das sie anfänglich ihre Notdurft noch erledigte. Schließlich aber fehlte ihr die Kraft dazu, sodass der Durst den Ekel besiegte hatte. Der Hunger machte sich nun immer öfters bemerkbar und ließ ihren Magen durch Krämpfe und Schmerzen protestieren. Ihr erschien der Hall ihres immer selteneren Magenknurrens in der kleinen Zelle surreal und sie ertappte sich mehrmals wie sie über das Geräusch erschrak. Bis zum zweiten Tag hatte sie viel geschlafen oder gedöst. Nun aber war sie länger wach und hatte ihr Gefühl für die Zeit verloren. Da der Lichtkegel sich in seiner Helligkeit nie veränderte, wusste sie nicht, ob es nun Tag oder Nacht war oder wie viele Tage tatsächlich vergangen waren.

An dem gefühlten siebten oder achten Tag schreckte sie kurz auf als die Tür krachend aufgesperrt wurde. Der Schattenmann trat nur einen kleinen Schritt in ihre Zelle. Er stellte ein Tablett mit einer dünnen Suppe, einem faustgroßen Stück Brot und einem Krug vor sich ab. Aber er blieb in der Hocke bei dem Tablett. Sie sah ihn von ihrer dunklen Ecke aus an, in die sie instinktiv geflohen war als der Riegel der Tür wieder geknallt hatte. Sein Haar glühte wieder in dem hinter ihm liegenden Schein. Seine Augen glommen angedeutet in ihren, in Finsternis liegenden Höhlen. Es dauerte bis sie davon überzeugt war, dass er keine Anstalten unternahm fort zu gehen. Sie näherte sich ihm nur langsam, um an das begehrte Essen zu gelangen. Dabei bewegte sie sich etwas seitlich auf ihn zu, um jederzeit vor ihm zurückweichen zu können. Auf dem kurzen Weg überlegte sie, ob sie ihn überwältigen und fliehen zu können. Doch sie merkte rasch wie selbst die wenigen Schritte sie erschöpften und Schwindel auslösten. Nur mit ihrer vollen Konzentration und Aufmerksamkeit schaffte sie es ohne zu stürzen oder allzu sehr zu wanken zu ihm hin. Weit käme sie also nicht. Wenn sie wieder etwas gestärkt wäre, ließe sich dieser kühne Fluchtplan leichter in die Tat umsetzen. Sie zog das Tablett vorsichtig von ihm weg und schlang gierig die Suppe hinunter. Doch sie spuckt sie bald schon wieder aus als ihr klar wurde, dass sie mit Alkohol versetzt war.

«Du willst mich betrunken machen und mich aushorchen», rief sie und torkelte leicht bei dem Versuch aufzustehen «Aber nicht mit mir!», murmelte sie. Der Alkohol zeigte bei ihrem nüchternen Magen sofortige Wirkung «Da musst du schon früher aufstehen», nuschelte sie dämmrig. Sie schlich sich wieder in ihre Ecke zurück und kugelte sich auf dem Stroh ein. Das Stückchen Brot hielt sie dabei wie einen kleinen Schatz fest umklammert. Der Schattenmann erhob sich wieder und trat auf sie zu. Seine Schritte waren behutsam und sacht, als würde er barfüßig imaginären Glasscherben ausweichen. Ihr

Geist dunkelte schon in ihrer Benebelung weg und vernahm sein ersticken des Lachen nur in der wachsenden Entfernung ihrer Sinne. Er nahm ihr das Brot fast widerstandslos aus den Händen.

In einer gefühlten Ewigkeit zwischen dem Zustand der Wachheit und des Träumens fand Jule sich ohne Bezug zur Realität. Diese Träume waren allesamt schrecklich und alptraumhaft. Doch sobald sie erwachte waren sie wieder fort und sie erinnerte sich nicht mehr an einen einzigen. So begab es sich, dass sie nach einer weiteren gefühlten Ewigkeit hellwach war. Sie nahm ihre ausweglose Lage mit glasklarem Blick und Verstand auf. Sie konnte sogar wieder etwas aufstehen und schleppte sich zu dem tröpfelnden Wasser, da ihre Kehle vor Trockenheit brannte. Zu ihrer Verzückung war aus dem Tröpfeln ein kleines Rinnsal geworden, das genauso geräuschlos in das finstere Loch in der Mitte des Raumes verschwand. Doch zu ihrer Verwunderung erreichte sie den kleinen Wasserstrahl nicht. Etwas zerrte an ihrem Bein und hielt sie am Fußgelenk gefasst und von dem erquickenden Quell fern. Sie befühlte ihr Fußgelenk und ertastete eine eiserne Fessel nebst Kette. Das andere Ende der Kette war an einen der Ringe an der Wand verankert. Sie zog und zerrte daran, obwohl das ein reiner Instinkt war. Selbst in ihren besten Tagen vermochte sie wohl keine Eisenketten zu sprengen. Nun in ihrer geschwächten Verfassung sowieso nicht. Sie gab es auf und robbte sich verzweifelt zu der Öffnung. Mit der ausgestreckten Hand vermochte sie etwas Wasser mit den Fingerspitzen in ihre Handfläche aufzufangen und zu trinken. Mit jedem weiteren Schöpfprozess wurde ihre Hand ruhiger und sie vermochte etwas mehr zu trinken.

So sehr ihr Körper nach dem kühlen und wohltuenden Nass lechzte, musste sie bald unterbrechen. Sie konnte sich nicht erinnern in ihrem Leben solche Anstrengungen jemals unternommen zu haben. In matter Erschöpfung blieb sie auf dem kalten Boden liegen und atmete schwer. In ihren Gliedern brannte jede Faser. Ihr Herz tobte von der Anstrengung in ihrer Brust. Schon schrie ihre Kehle nach neuem Wasser und so schöpfte sie erneut und musste bald auch wieder unterbrechen. Dieser Kreislauf, ein Wechsel aus Schmerz und Linderung, hielt sie lange beschäftigt.

In einer erneuten Phase des Erholens fuhr sie zusammen. Ihr war jetzt erst der dunkle Umriss auf der anderen Seite des Raumes aufgefallen. Sie zog sich in ihre Ecke zurück und verharrte dort still und mit flachem Atem. Sie meinte mehr und mehr dieser Umriss gehöre zu einer anderen Person. Vielleicht war es ein weiterer Häftling oder der Schattenmann selbst, der sich an ihrem Leid ergötzte. In dem fahlen Licht vermochte sie jedoch nicht zu sagen, ob dieser Schatten auf dem basaltfarbenen Mauerwerk überhaupt eine Person war oder nur eine Einbildung. Für einen Augenblick dachte sie es sei Johann oder einer ihrer Freunde, den der Schattenmann auch zu fassen bekommen hatte.

«Hallo?» Ihre Stimme war so heiser, sie glaubte keinen Ton herausbekommen zu haben «Wer ist da?», schob sie daher mit ihrem immer noch schmerzlich trockenen Hals nach. Doch der Umriss reagierte nicht auf ihre Fragen. Jule belauerte den schwarzen Fleck in der Dunkelheit lange und ihr Durst redete ihr bald ein, dass ihr gelittenes Gehirn ihren Augen und Gedanken einen Streich spielte. Sie sammelte neue Kraft und setzte ihre Versuche zu Trinken fort.

Doch diese Versuche wurden jäh erneut gestört. Nun jedoch von dem Schattenmann. Der Riegel wurde wie die Male zuvor ohne Vorwarnung abrupt aufgerissen und schlug mit einem metallischen Krachen gegen seine Arretierung. Die dunkle Gestalt mit dem weißgrau leuchtenden Heiligenschein kam herein. Dieses Mal machte er einige Schritte mehr in den Raum. Sie hatte redliche Mühe sich in ihre Ecke zurück zu ziehen. Der Schattenmann beobachtete sie wortlos. Sie spürte sein höhnischen Augen auf sich ruhen, als sie sich abmühte soweit wie möglich von ihm wegzukommen. Er verharrte lauschend in dem von feuchter Dunkelheit geschwängerten Raum. Ihre Augen suchten den Grund für das metallene Rasseln bei seinem Eintreten. Sie erkannte eine Kette nebst Fußangel in seiner Hand. In der anderen Hand trug er ein schmales zylinderförmiges Objekt.

«Ich hoffe Ihr konntet Euch schon mit Eurer neuen Zellengenossin bekannt machen.» Mit einem leichten Quietschen schob sich ein kleines abgerundetes Türchen an dem Zylinder auf. Der metallene Zylinder entpuppte sich als Laterne. Deren Inneres war blank poliert, sodass der Schein der Kerze doppelt hinaus reflektiert wurde und Jule blendete.

«Was willst du? Ich verrate nichts», krächzte Jule mit heiser belegter Stimme. Der Schattenmann hatte sich etwas abgewandt, hielt bei ihren Worten aber horchend inne. Er hob den Arm in den Lichtkegel aus der Decke. Seine Hand war von einem schwarzen Lederhandschuh bedeckt, auf seinem Unterarm glitzerte etwas Silbriges. In seiner Hand lag die Kette mit Fessel

«Entschuldigt», sprach er mitleidig «Ich habe nur eine Kleinigkeit noch holen müssen.» Er hatte die Laterne so abgestellt, dass der Schein die Wand beleuchtete und nur die Füße einer anderen Person zeigten. Tatsächlich war der schwarze Umriss am anderen Ende des Raumes ein Mensch. Sie beobachtete blinzelnd, wie er ihr die Fessel um das Fußgelenk legte. Die Länge der Kette war er nun am abmessen. Dabei sah er immer wieder forschend und abschätzend zu Jule herüber, als wolle er sich mit seinem Augenmaß vergewissern. Als dies getan war fädelte er die Kette in einen der Eisenringe an der Wand hinter der anderen Gefangenen und fixierte sie mit einem schweren, altertümlichen Schloss. Er klopfte die Handschuhe gegeneinander sauber und nahm die Laterne wieder auf. Das Licht der Laterne warf er in einer Drehung seines ganzen Oberkörpers auf Jule zurück.

«Frau Metzstein», sprach er mit höfischer Eleganz «darf ich bekanntmachen: Fräulein Jule Heuer.» Er wartete einige Momente, sodass sich die andere Person ein Bild von Jule machen konnte und fuhr ebenso herum und beleuchtete nun diese Frau Metzstein «Fräulein Heuer: Dies ist Frau Elsbeth Metzstein. Sie genießt schon etwas länger das Privileg ein Gast meines Hauses zu sein.» Das Licht fiel auf Frau Metzstein und Jule fuhr angststarrt zusammen. Ihr schon seit Tagen verkrampfter Magen schien sich bei diesem grässlichen Anblick nochmal mehr zusammen zu ziehen. Ihr Herz raste mit der Kadenz eines Trommelwirbels. Dieses entsetzliche Bild der Frau die ihr gegenüber lag, brannte sich in ihren vor dickflüssigem Blut pochenden Schädel ein. Vor ihr lag in zusammengekauerter Haltung eine blasse, halb skelettierte und halb mumifizierte Frauengestalt. Das von mattstrohigem, dunklen Haar umwitterte Gesicht war eingefallen und ihre erstarrte Miene zu einem ewigen Schmerzensschrei aufgesperrt. Die zurückgezogenen, vertrockneten Lippen, die ihre nun leicht hervorstehenden Zähne in blankem Weiß zu erkennen gaben, umrahmten die schwarze, klaffende Mundhöhle wie eine abstoßende Bordüre. Die Augenhöhlen waren eingesunken und seltsam dunkel verfärbt. Der gesamte Schädel war in der noch kleinsten Kontur unter der dünnblättrigen Haut gut sichtbar zu erkennen. Ähnlich wie Jule, trug auch sie nur ein schmutziges, bräunliches Nachthemd. Ihre Haltung in ihrer Symbolik war dabei so unverkennbar eindeutig: Die knöchernen Hände lagen auf ihren flachen Bauch gepresst, der angedrückte Stoff ließ dabei den dabei weit über den eingefallen Bauch

stehenden Brustkorb erkennen. Die Füße und Unter-
schenkel waren fast nur noch hautbespannte Knochen. Jule schüttelte den eiskalten Schauer ab.

«Du Monster! Glaubst du mir mit dieser Scheußlichkeit die Zunge zu lösen?» Der Schattenmann
stellte die kleine Laterne so auf, dass ihre tote Zellengenossin in Gänze beleuchtet wurde. Der so ent-
standene Schattenwurf auf das eingesunkene Gesicht warf die Falten der dünnledrigen Haut in eine
noch schauerlichere Fratze. Er zog nochmal an der
Kette um sich zu vergewissern, dass sie auch wirklich hielt. Danach verließ er den Raum in seiner un-
antastbaren Ruhe

«Warte», rief ihm Jule nach. Ihr Instinkt hatte ihren Kopf überholt, der dem Schattenmann kein Zeichen von Schwäche präsentieren wollte. Er hielt
inne. Die Laterne im Flur war nicht entzündet, sie
konnte aber aufgrund eines anderen Lichtscheins im
Flur sehen, dass er sich ihr wieder zugewandt hatte.
Das Licht der kleinen Laterne stand abgewandt zu
ihm, sodass er in tiefe Dunkelheit verhüllt blieb

«Wofür die Kette?», fragte sie ihn, wobei ihr Ton

besorgter klang als sie es ihm eigentlich zeigen woll-te. Sie erkannte wie er zu Frau Metzstein zurück blickte und sich nachdenklich gab.

«Zu Eurem Schutz natürlich», gestand er gelassen und macht abrupt kehrt, um eilenden Schrittes den Raum zu verlassen. Die Türe fiel mit einem Knall zu und der Riegel verschloss wieder die Türe mit dem erneut metallischen Krachen.

Jule blieb erschüttert in ihrer Ecke hocken und be-lauerte die immer noch beleuchtete Mumie. Stumm wiederholte sie mit ihren spröden Lippen seine Wor-te. In ihrem Kopf kreischten die Gedanken. Ihr gefiel seine Antwort nicht, denn sie suggerierten etwas von dem sich Jule gar nicht vorstellen wollte, dass es wahr sein könnte. Und auch ich wollte nicht, dass diese grauenvolle Andeutung das Licht der Wahr-heit erblicken sollte. Auf mein Fragen jedoch ließ der Graf auch mich nicht den Grund für diese Fessel an der Mumie entdecken. Diesen Grund sollte ich erst viel später erfahren und mich bis aufs Mark erschüt-tert zurücklassen.

Jule starrte unentwegt zu Frau Metzstein hinüber und diese mit ihren leeren Augen vor sich auf den Lehmboden. Sie achtete auf jedes Detail, doch die Tote bewegte sich nicht um eine Haaresbreite. Auch sah sie keine Atmung an ihr. Sie musste tot sein und dieser Irre versuchte sie mit unterschwelligen Mitteln gefügig zu machen. Er wollte sie einschüchtern. Das war eindeutig. Sie sollte bei diesem Anblick des eigenen Schicksals vor Augen einknicken und ihm alles erzählen, was er wissen wollte. Das war sein Plan und das bestätigte auch diese prophetische Ankündigung vom Anfang. Über diese verfestigten Gedanken und die damit wieder genommene Furcht vor der Toten, wurde ihr wieder langsam dunkel vor Augen, auch wenn sie noch versuchte wach zu bleiben und ihre Möglichkeiten in dieser schrecklichen Lage auszuloten. Denn auch wenn er ihr bislang zwar kein Haar gekrümmt hatte, Frau Metzstein bewies jedoch seine unerschütterliche Entschlossenheit seine Androhung wahr zu machen. Ihr wurde klar, dass sie auf dem gleichen Weg befand, in das gleiche Schicksal wie Frau Metzstein ging. Doch sie wollte dieser bohrenden Angst, dieser nagenden Einsicht, nicht nachgeben. Dennoch nickte sie schließlich wieder ein.

Jule erwachte von einem neuen Alptraum geplagt und sah sich schwer atmend um. Sie lag offen auf dem Stroh und krabbelte rücklings zurück in ihre Ecke. Fiebrig suchte ihr Blick nach der Leiche. Sie stellte fest, dass die Kerze fast erloschen war. Nur ein sehr schwaches Glimmen warf einen dunkelroten, diffusen Lichtschein in den Raum. Es ließ sich nicht mit Gewissheit sagen – dafür war das Licht zu schwach – doch Jule beschlich nun das ungute Gefühl, dass Frau Metzstein sie mit ihren toten, hohlen Augenhöhlen ansah. Peinigender Durst lenkte Jule von dieser irren Annahme ab und sie kroch mühsam zur Raummitte an das kleine Rinnsal aus der Decke. Sie sog das wenige Wasser in ihrer Handfläche geräuschvoll in den Mund. Ihre Finger waren auch schon dürrer geworden, doch konnten sie noch das Wasser auffangen. Abermals wiederholte sich der Wechsel zwischen Trinken und Ausruhen. Sie ließ die Stirn auf den angewinkelten Unterarm ruhen und atmete die Anstrengung aus ihrem Körper. Wieder trank sie und hielt erstarrt inne. Sie hörte das Geräusch von Metall, das über den Boden langsam gezogen wurde. Die kleine Laterne bot ihr keine Hilfe mehr, da sie nun endgültig erloschen war. Sie versuchte an dem Lichtkegel vorbei zu sehen, doch erkannte sie nicht was sich da bewegt haben mochte. Jule zog sich zurück und beobachtete den dünnen Rauchfaden der gestorbenen Kerzenflamme im Lichtkegel seinen schwebenden Tanz vollführen. Alle Gedanken pressten sich durch ihren Kopf auf einmal. War es der Schattenmann, der sich einen abscheulichen Scherz mit ihr erlaubte? Waren es nur ihre schwindenden Sinne die ihre Augen betrogen? Oder war es doch das was sie nicht glauben wollte?

«Trinken macht es schlimmer, weißt du?», raschelte eine Stimme aus dem anderen Ende des Raumes. Jule versank tiefer in ihrer Ecke und zog die Knie vor den Körper. Mit weit aufgerissenen Augen sah sie in die obsidianfarbende Finsternis um ja nur jede Bewegung wahrnehmen zu können.

«Wer?», Jule stockte der Atem «*Was* bist du?», schrillte sie im höchsten Maße beunruhigt. Es verging eine Weile bevor die kratzende Stimme antwortete

«Du musst wissen; der Mensch kann viele Tage ohne Nahrung auskommen», wieder dauerte es bis die raue Stimme fortfuhr «Nur Wasser braucht er früher wieder. Sonst verdurstet er schon nach wenigen Tagen.» Ein staubtrockenes, fast hustendes Lachen war darauf zu hören «Ich habe den gleichen Fehler gemacht zu Trinken. Mehrmals schon hatte ich versucht es nicht mehr zu tun. Doch der Durst war stärker und meinen Magen beruhigte das kühle Wasser für eine Weile.» Jule horchte in höchstem Maße alarmiert. Sie merkte wie sie aufgehört hatte zu atmen, als sie die leisen Worte hörte und auch jetzt hielt sie den Atem an und gab dem protestierenden Körper nur widerwillig neuen Sauerstoff in ganz flachen, kurzen Atemzügen. Da ihre Augen nichts sahen, mussten ihre Ohren nun umso mehr hören und da störte sie jedes Geräusch. Selbst das des eigenen Atems.

«Wie lange hält er dich schon gefangen?», traute sich Jule leise zu fragen. Eigentlich wollte sie die Frage nicht gestellt haben und im Grunde wollte sie die Antwort auch gar nicht hören. Ihre Nerven waren zum Zerreißen gespannt da ihr verborgen blieb, ob dies nicht wieder nur ein Traum oder eine Halluzination war.

«Der Schmerz ist so unerträglich gewesen. Jetzt aber ist er endlich vergangen. Jetzt endlich dauert es nur noch wenige Tage, dann kann ich endlich sterben. Ich habe ihn bezwungen», triumphierte die heisere Stimme erschöpft und wiederholte sich leiser «Ich habe ihn bezwungen!» Jetzt klang es geradezu kläglich «Ich habe ihn bezwungen!», nun waren die Worte voller wildrasender Wut gesprochen «Warum lebe ich wieder?», ein schmerzverzerrtes Aufheulen ließ Jule noch mehr zusammenzucken «Der Schmerz...», keuchte Sie in entsetzter Kraftlosigkeit «Er ist wieder da!» stellte sie mit langsamen Worten und zwischen ihnen längeren Pausen fest. Jule wagte in der ganzen Zeit kein Wort mehr zu sagen. Sirrende Gedanken hämmerten in ihrem Schädel. Ihr war einfach nicht klar, obschon diese Leiche zwar real war, diese Stimme auch wirklich zu dieser Toten gehörte. Denn dessen war sie, in der kurzen Zeit als die Lampe noch brannte, durch die eigenen Augen versichert; Frau Metzstein ist tot! Sprach nun ihre innerste Angst durch neue Träumerei oder war es ein Wahnbild ihres ausgemergelten Körpers? Sie wusste es nicht. Doch es konnte nicht real sein. Es musste ein Trick von diesem wahnsinnigen Irren sein, der sie hier gefangen hielt. Es konnte nichts anders sein! Wenngleich mir auch nichts anderes in den Sinn kommen wollte, so musste das Nächste das geschah ebenso ein solches Trugbild meiner eigenen zerrissenen Nerven sein. Denn die zeternde Frau Metzstein verstummte und es erklang ein metallenes, vielgliedriges Klicken. Als würde eine zusammengeworfene Kette gestreckt und begradigt werden. Ein dumpfes, kratziges Schlurfen war ebenso zu hören. Eine langsame Bewegung war hinter dem vorhangartigen Schein des Lichtkegels wahrzunehmen. Jules Augen waren weit aufgerissen um ja nur die kleinste Bewegung in dem Raum vor ihr wahrzunehmen. Sie waren förmlich fixiert auf diese Bewegung. Ihre Gedanken waren gepackt von dem schreienden Unglauben, dass dies wahr sein konnte. Dass dies gerade wirklich so geschah wie sie es sah. Langsam tauchten zwei madenweiße Hände in dem Licht auf. Sie bestanden praktisch nur noch aus Knochen, die mit dünnblättriger, ledriger Haut überzogen waren. Die Finger bewegten sich spinnenbeinartig in dem totenbleichen Licht und langsam glomm das schmutzige Unterkleid in der Dunkelheit, ehe den astdürren Armen das verzerrte Gesicht von Frau Metzstein in das vollmondartige Licht folgte

«Du!», rief die Mumie beschwörend. Die dünnen Wangen waren leicht ausgerissen in den Mundwinkeln. Bei diesem einzigen Wort rieselten vertrocknete Hautstückchen und Haare gut beleuchtet in den endlosen Boden unter ihr «Du bist schuld an meinen Schmerzen!», schrillte sie, einer Furie gleich. Der träge, ungelenke Körper gewann für einen Augenblick eine ungeahnt agile Dynamik. Die Leiche sprang einen Satz auf Jule zu und versuchte ihrer Habhaft zu werden «Ich fress' dich!» Jule sprang auf die Beine und quetschte sich tief in ihre Ecke. Sie presste die Augen zusammen und schrie ihrerseits, auch wenn ihre Kehle dies kaum schaffte. Sie erwartete von diesen vertrockneten, spinnenbeinigen Fingern gefasst zu werden und malte sich schon vor dem geistigen Auge aus, wie sich die blanken Zähne der Frau Metzstein in ihre Haut gruben.

Doch das sollte nicht geschehen. Die Kette am Fuß von Frau Metzstein hatte ihre äußerste Ausdehnung erreicht und schwang wippend quer durch den Raum kurz in die Höhe und schepperte mit einem ruckartigen Knall wieder zu Boden. Das Augenmaß des Schattenmannes war von erschreckendem Geschick gewesen. Die vor ihr kratzende und schabende Leiche kam selbst bei äußerster Streckung nicht an Jule heran. Von ihren Zehen und den klauenartigen Händen trennte sie die Länge einer Handbreit. Sie konnte aufatmen, doch wurde ihr auch sofort ihre neue Lage klar. Ewig konnte sie so nicht stehen. Das Aufstehen allein hatte neuen Schwindel in ihr ausgelöst und sie musste alle Beherrschung aufbieten, dass ihr nicht erneut schwarz vor Augen wurde.

Das Blut in ihren Adern floss wie erwärmtes Pech langsam aus dem Kopf in ihre Beine. Und genau dieser Schwindel ließ ihr – trotz dieser nervenzerreißenden und lebensbedrohlichen Alarmierung – nun langsam die Augen wieder schwer werden. Sie wehrte sich dagegen, kniff und schlug sich sogar. Doch das zähe Blut quoll spürbar in ihre Beine fort und legte neue Schwärze auf ihre Augen und Gedanken. Diese langsame Schwärze, die das Bild vor ihr in die Ferne rückte und sie in einen dunklen Tunnel voll Abgründe sehen ließ, übermannte sie abermals. Sie sank zu Boden.

Als Jule erwachte lag sie auf lehmigen Untergrund. Stroh kitzelte ihr Gesicht als sie sich schwerfällig aufrichtete. Das Surren und Brummen in ihrem Kopf ließ langsam nach und sie schlug die Augen zögerlich auf. Die Erinnerung an die rasende Leiche wurde in den Wirren ihrer Gedanken wieder präsenter und ein niederster Instinkt ließ sie wie von selbst in ihre Ecke zurück rutschen. Doch die Leiche war fort. Augenblicklich suchte sie nach dem unheilvollen, vertrauten Fleck am anderen Ende der dunklen

Zelle. Dieser Fleck, der nur ein klein wenig dunkler als die übrige Finsternis im Raum war. Zu ihrer Erleichterung und Entsetzen gleichermaßen war er noch dort. War dieser Horror wahr geworden oder war er doch bloß der Fantasie einer dieser Alpträume entsprungen? Das konnte zu diesem Zeitpunkt weder sie, noch ich wirklich sagen. Was jedoch real sein musste war der Schattenmann der die Zelle betrat. Beschwingt ließ er einen Eisenring mit einer Vielzahl darin befestigter Schlüssel behutsam in seiner Hand klingen, als sei es eine Altarglocke. Er stellte zu seinen Füßen eine kleine zylindrische Laterne auf und beleuchtete Jule damit direkt. Er blieb hinter dem Schein stehen

«Nun mein liebes Fräulein Heuer», sprach er mit seiner galanten Stimme vom Anfang «Wie sieht es heute aus? Wollt Ihr mir heute von Johann Hochleitner berichten?» Sie brach bei dieser Frage zusammen, geistig wie körperlich. Ihr Kopf lag im Stroh als sie nickte. Ihre Augen wollten weinen, doch sie konnten es nicht. Der Schattenmann ging langsam zur Tür zurück und warf die Arme zur Frage auf.

«Nun, wenn Ihr heute nicht mit mir reden wollt, so gehe ich nun auf eine kurze Geschäftsreise und komme in einigen Tagen wieder und frage Euch erneut. Vielleicht seid Ihr dann gesprächiger.» Jule sah ihn entsetzt nach und rutschte auf den Knien aus dem Stroh heraus

«Nein!», schrillte sie heiser «Ich will alles sagen.»

«Das klang für mich nicht überzeugend genug. Ich lasse Euch noch drei weitere Tage über Eure Entscheidung nachdenken. Dann will ich wieder kommen und mir nochmal anhören, was Ihr zu sagen habt. Solltet Ihr Euch erneut mir verweigern, so soll es Euch wirklich schlecht ergehen.» Aus seinem Munde klang das so selbstverständlich einfach, doch wer dieses markerschütternde Grauen ausgesetzt war, dem war das nicht so selbstverständlich. Sie rutschte weiter auf ihre Knie zu ihm, bis die Kette an ihrem Fußgelenk klirrend protestierte.

«Nein, bitte Herr! Lasst mich Euch alles berichten was ich weiß. Ich will auch nur wahr sprechen und Euch nicht belügen. Nur lasst mich nicht noch eine Stunde länger mit dieser Frau Metzstein in einem

Raum. Ich flehe Euch an. Erbarmt Euch!» Der Schattenmann war bis zum Türgriff gelangt auf dem sein Lederhandschuh bereits ruhte.

«Nun gut», sprach er langsam «Doch sollte ich auch nur eine Unwahrheit in Euren Worten wiederfinden, so höre ich Euch erst wieder nach fünf Tagen an. Habt Ihr das verstanden?»

«Ja Herr. Gewiss Herr», versprach sie begierig berichten zu dürfen um ja dieser teuflischen Frau Metzstein entgehen zu können.

So berichtete sie ihm schluchzend und stammelnd alles was sie wusste; Ihre Verstecke, ihre Kosenamen, wie die Wachposten aufgestellt waren, wo sie die Beute versteckten, einfach alles. Fast eine Stunde lang. Und der Schattenmann hörte zu. Fast eine Stunde lang. Als sie endlich zum Ende kam, sah er auf und atmete aus «Danke. Fräulein Heuer», raunte er zufrieden und nahm die Laterne wieder auf. Er wanderte zur Tür.

«Warte», rief sie mit ihrer rauen Flüsterstimme. Er hielt inne «War das alles wirklich oder habe ich es nur geträumt?»

«Die alte Frau Metzstein hat noch jeden zum Reden gebracht.» Dieser Satz war mehr eine Feststellung, als eine Antwort. Er hatte die Laterne auf die Leiche gerichtet. Diese lag noch so wie sie das erste Mal dagelegen hatte. Jule atmete auf. Sie bemerkte den achtungsgebietenden Zeigefinger an dem Schattenmann «Bevor ich es abermals vergesse», sprach er zu sich selbst, als sei ihm etwas gerade erst wieder eingefallen. Er trat an Frau Metzstein und entfernte die Fußangel, die Kette und das große Schloss von der Leiche.

«Warum überhaupt die Fessel?», raunte Jule erschöpft in sich versunken. Der Schattenmann sortierte die Kette fein säuberlich über seinen Unterarm.

«Nun, ich könnte Euch jetzt sagen, dass ich diese Fessel für Eure Freunde benötige, da diese offenkundig nicht so wehrlos daherkommen werden wie Ihr.» Er nahm die Laterne noch nicht wieder auf und trat in den Raum. Dort hob er etwas aus dem Dunkeln auf «Tatsächlich aber habe ich keine Verwendung mehr für Euch. Jetzt, da Ihr mir alles verraten habt, was ich wissen wollte.» Sie bemerkte die ausgebrannte Laterne in seiner Hand und richtete sich wieder auf. Ihr war etwas aufgefallen, das ihr jetzt erst wie zwei glühende Nadeln in die Augen stach. Der Schein der nun auch wieder aufgenommenen, leuchtenden Laterne fiel nur kurz darauf. Es war etwas, dass ihr namenloses Entsetzen in den kraftlosen Leib presste.

Der Fuß von Frau Metzstein. Der Knöchel, an dem die Fessel angelegt war. Der Schein der Lampe wanderte fort. Der Schattenmann verließ den Raum. Trotz der erneuten basaltischen Dunkelheit war das Bild gestochen scharf vor ihrem inneren Auge. Der Knöchel war geschunden und bis auf den bleichen Knochen herunter gewetzt. Als hätte jemand versucht einen Metallring mit aller größter Anstrengung von dem verdorrten, aber stabilen Fußgelenk abzustreifen. Frisches Entsetzen manifestierte sich in ihrem Kopf. Neues Grauen überkam sie, als das kleine Gitter über ihr abgedunkelt wurde. Der immer schon finstere Raum war mit dem scheppernden Geräusch des metallenen Deckels augenblicklich pechschwarz geworden. Nervenzerreißender Horror flutete mit seiner eisigen Kälte ihre schwer pulsierenden Adern. Als ein ihr bekanntes dumpfes, kratziges Schlurfen einsetzte und das Geräusch von madenweißen Fingern, die sich spinnenbeinartig in dieser Dunkelheit einer Schwarzmondnacht über den Boden auf sie zu bewegten.

Es vergingen zwei Wochen, ehe der Graf auf mein Drängen hin einwilligte und mir den Schlüssel zu der Zelle von Jule Heuer überließ. Mein anfänglicher Tatendrang erlosch jedoch mit jedem Schritt mehr, der mich näher an ihre Zelle führte. Als ich vor der Tür zum stehen kam und das kalte Metall des Schlüssels zwischen meinen Fingern spürte, da war ich mir nicht mehr so sicher, mehr über das Schicksal des Mädchens erfahren zu wollen. Auch brannte der Zweifel in meinen Gedanken, dass sie noch lebte. Der Graf macht sich stets einen grausigen Spaß daraus mir von Dingen zu erzählen, die augenscheinlich gerade erst geschehen waren, in Wahrheit aber schon seit langer Zeit abgeschlossen waren. Ich fasste meinen Mut. Sollte es tatsächlich so eine Geschichte sein, so würde ich höchstens einen Raum mit einer schon vor langer Zeit verstorbenen Frau vorfinden. Ich fädelte den Schlüssel ins Schloss und drehte ihn um. Trotz meiner Bemühungen öffnete der Riegel krachend und ich schob vorsichtig die Tür auf. Es war stockdunkel in der klaffenden Schwärze, die vor mir aus der Tür gähnte. Die Luft war kühl und verbraucht. Ich nahm eine kleine, zylindrische Laterne aus einer Nische der Wand auf und entzündete sie. Nur einen einzigen Schritt ging ich hinein und tauchte in die Dunkelheit ein. Hob die Laterne etwas höher und wartete bis meine Augen sich an die Schwärze gewöhnten. Was der Schein der Lampe allmählich vor mir preisgab, war ein Anblick so grauenvoll, wie er schon wieder erbarmungswürdig war. Im Licht erkannte ich eine junge, spindeldürre Frau, die in sich zusammengesunken dalag. Das musste Jule Heuer sein. Und ich erkannte die Mumie einer älteren Frau, die wohl Frau Metzstein gewesen sein muss. Doch ihre Mumie war in einem entsetzlichen Zustand. Ihr schmutziges Unterkleid war zerrissen. Ebenso der staubige, trockene Körper. Überall lagen Teile der menschlichen Überreste; dort ein

Bein, ein Arm oder eine Hand. Was mich jedoch am meisten an diesen Leichenteilen irritierte waren die vielen Aushöhlungen in dem ausgedörrten Fleisch. Aushöhlungen, die eine erschreckende Ähnlichkeit mit Bisswunden hatten. Ich dachte zuerst an die Ratten, doch dafür waren die fehlenden Stücke zu groß.

Ich konnte meinen Gedanken darüber nicht zu Ende bringen, da ein Geräusch vor mir meine Aufmerksamkeit erregte. Ich stand mit angehaltenem Atem in der Dunkelheit und ließ langsam den Lichtschein auf die Ecke wandern, von der ich das Geräusch vernommen hatte. Zwei Punkte reflektierten dumpf das Licht und ich fiel rücklings zu Boden, als mich Jule Heuer mit einer unerwartet plötzlichen Raserei anfiel.

«Ich fress' dich!», diese Worte schrillten mir in den Ohren und betäubten mich förmlich. Ich konnte nur angsterstarrt zusehen, wie diese totenblasse Furie auf ihren spindeldürren Gliedmaßen wie eine Spinne auf mich zu kroch. Zu meinem entsetzlichen Glück erlaubte die Kette an ihrem Fuß ihr nicht mich zu erreichen. So war ich für den Augenblick sicher, während diese Rachegöttin in blindwütiger Raserei vor mir tobte, schrie und wütend um sich schlug. Schnell jedoch endete dieser Zornesausbruch und die Frau sank geschwächt in sich zusammen, hielt sich den Magen und weinte bei dem Anblick von Frau Metzsteins Überresten. Das Weinen erstickte bald und ich lauschte einem versiegenden, einem letzten schmerzlichen Atemzug von Jule Heuer. Diese Kraftanstrengung, dieses letzte Aufbäumen und Aufbieten aller Kräfte mussten zu viel gewesen sein. Die körperliche Schwäche und die Tatsache, dass sie von einer Leiche gegessen hatte waren ihr Todesurteil.

Es brauchte eine Stunde, ehe ich mich sammelte und erschüttert wieder hinauf zum Grafen ging. Ich stellte mir die Frage, ob sie diese Leichenfledderei aus Verzweiflung des Hungers oder einer Wahnvorstellung heraus tat. Unweigerlich musste ich mir vorstellen, wie es sein musste dieses vertrocknete, zähe Fleisch abzubeißen und darauf herum zu kauen. Über diese Vorstellung geriet ich in Ekel und der

Reiz Würgen zu müssen, traktierte meinen Hals und Rachen.

Ich traf den Grafen in der Bibliothek und berichtete von dem schrecklichen Schicksal der beiden Frauen. Doch er schmunzelte dabei nur eigentümlich.

«Du bist angeekelt», bemerkte er «Das kann ich nachvollziehen. Doch sehe ich auch, dass du dir in deiner Oberflächlichkeit eine sehr bestimmte Frage noch gar nicht gestellt hast!», sprach er, während seine schauererweckenden Worte auf mich wie ein winterlicher Eisregen herabfielen.

«Welche Frage?», riefen mein Kopf und Mund gleichzeitig und ich spürte wie mein Magen instinktiv zu krampfen begann. Der Graf nahm sein Buch wieder auf und versank in dem großen Ohrensessel, während er weiterlas. Mit seiner stoischen Ruhe erklärte er sich und stellte mir geradezu beiläufig diese eine Frage, die mir noch heute die Haare zu Berge stehen lässt

«Du hast durch das im Schatten verborgene, andere Deckengitter gesehen, wie ich die beiden seinerzeit zurück gelassen habe. Wie es ihnen danach erging und was ich mit ihnen tat habe ich dich nicht mehr wissen lassen.» Sein sonst so müder Blick strahlte mich geradezu an. Pure Schadenfreude stand in sein Gesicht geschrieben. Ich befand seine Miene für pietätlos. Er hob seinen Finger zur Achtung «Tatsächlich habe ich die Zelle seit ihrer Verdunklung nicht einmal mehr betreten. Du magst dir also vorstellen was so ein armer, verwirrter und überforderter Geist mit seiner Wahrnehmung macht, wenn er von seinem sehenden Sinnen abgeschnitten ist. Sie wurde wahnsinnig und hat halluziniert.»

«Das verstehe ich ja alles», schoss es aus mir heraus, dass wir beide über meine plötzliche Reaktion erschreckten «Aber was ist denn nun mit dieser Frage?» schob ich etwas kleinlauter nach.

Die Augen meines Meisters fielen wieder in ihre ruhigen Halbschlafaugen zurück. Er legte das scharlachrote Leseband in das Buch ein und ließ es nun mit einem dumpfen Knall in seiner Hand zufallen

«Nun denn; Es ist unbestritten, dass Fräulein Heuer von der toten Frau Metzstein gegessen hat.

Und ich versichere dir, dass niemand in den letzten Wochen auf das Geschehen innerhalb der Zelle Einfluss genommen hat.» Er schwieg nochmal einen Augenblick, ehe er mich fragte «Wie also hat unser angekettetes Fräulein Heuer die fessellose Frau Metzstein am anderen Ende des Raumes erreicht, wo sie doch gerade einmal den Abfluss in der Raummitte mit den Fingerspitzen berühren konnte?»

Ein Pfund

Heute hat mein letztes Stündlein geschlagen. Im wahrsten Sinne. Um Glockenschlag zwölf Uhr werde ich sterben. Woher ich das weiß? Nun, mein Mörder hat es mir gesagt. Warum ich nichts dagegen unternehme? Das weiß ich nicht. So viel aber sei über mich gesagt; lebensmüde bin ich noch nie gewesen. Dumm, das war ich nur einmal und diese Dummheit hat mich erst in diese Situation gebracht. Warum ich bis heute jedoch schweige, darauf habe ich keine vernünftige oder zufriedenstellende Antwort, weder für meine Freunde und noch weniger für mich selbst. Vermutlich ist es meinem Geschäftssinn geschuldet oder meiner Einsicht, mein Versprechen nicht gehalten zu haben. Mich wird schon in Kürze einer der anderen Studenten töten und ich kann nichts dagegen unternehmen. Für einen Scherz mag es der eine oder andere halten. Doch wer in dieses

Gesicht geblickt hat, der weiß, dass dieser Mann nicht zu solcher Art von Scherzen aufgelegt ist.

Wie es zu dieser kruden und verwirrenden Situation kam, möchte ich hier für die Nachwelt niederschreiben und berichten. Ich habe mich zu diesem Zwecke hier unten im alten Weinkeller der Hohen Schule von Uthiel versteckt, um etwas Zeit zu gewinnen. Ich werde nicht der absurden Hoffnung erliegen, dass ich diesen Irrsinn überleben könnte. Eine fast abgebrannte Kerze spendet mir in diesem feuchten, klammen Keller Licht und etwas Trost. Der herbe Geruch von gärendem Wein, Eichenholz und Schimmel liegt mir in der Nase, während ich dies hier bei schwachem und flackerndem Licht schreibe. Mit seinem ekelhaften Weiß wirft der ausgeblühte Salpeter der Wände das Licht zurück und macht meine Zuflucht merklich heller, als es die letzte Kraft dieser Kerze alleine vollbringen könnte. Für mein schlechtes Schriftbild entschuldige ich mich, denn meine Hände, wie auch mein ganzer Körper beben. Meine Schreibunterlage ist die Rückseiten eines alten und vergilbten Stückes Pergament, das einmal so etwas in der Art wie eine Bestandsliste gewesen sein musste. Das Papier ist feucht und vergilbt, die Schrift über die Jahre verlaufen. Ich habe eine abgenutzte Schreibfeder gefunden, die vor langer Zeit bei der Erfassung der Fässer wohl vergessen wurde oder unbemerkt auf den Boden fiel. Als Tinte dient mir eine undefinierte, schwärzliche Flüssigkeit, die ich in einer Pfütze unter einem der Fässer gefunden habe und deren Herkunft und Zusammensetzung ich lieber nicht hinterfragen will. Der Raum besteht aus einen großen, langgezogenen Tonnengewölbe, in dessen Wänden eine Vielzahl von Nischen und kleinere gewölbeartige Regale eingelassen sind, um dort Flaschen und hunderte Fässer zu lagern. Ich selbst kauere hier in der hintersten Ecke, in der hintersten Reihe zwischen der kalten Wand und einem Fass mit Rotwein. Hier sitze ich nun und warte darauf, dass mein Verderben mich einholt. Meine Nerven sind zum zerreißen gespannt, während ich nur noch auf den Klang der großen Turmuhr warte. Ein Teil von mir bangt darum, die Glocke überhaupt so tief unter der Erde hören zu können. Der andere Teil betet sie nicht zu hören. Schon bald muss sie schlagen. Schon bald wird sie schlagen. Der Glockenschlag, der mich von diesem nervenzerreißenden Warten erlöst. Mein Geist hat sich mit dieser Situation bereits abfinden können. Irgendwie bin ich inzwischen froh, dass mein Henker bald kommt und die Sache ihr unrühmliches Ende findet.

Mein Name ist Mathieu Fallant und ich bin seit eineinhalb Jahren Student der Hohen Schule von Uthiel. Ich kam hierher um die Kunst des Schwertkampfes und die Geschichte meines Volkes zu lernen. Dies waren zumindest meine hehren Ziele gewesen. Die Zeit und die Verlockungen des Goldes aber haben mich jedoch von diesem Pfad abfallen lassen. Ich geriet eigentlich nur durch puren Zufall in den Schwarzmarkt dieser Schule. Dabei ist es kein richtiger Schwarzmarkt, da die Waren an sich nicht an der Schule verboten sind. Allein der Handel unter den Studenten selbst wurde durch den Schulrat untersagt. Sie wollen nicht, dass die Studenten sich gegenseitig in Schulden treiben und alles was daraus noch erwachsen könne. Anfangs brachte ich lediglich kleinere Dinge von der nahegelegenen Stadt Fauroe für meine Freunde mit. Uns Studenten ist es nur an wenigen Tagen im Monat erlaubt die Schule zu verlassen und die Stadt zu besuchen. Fauroe ist dabei nichts Besonderes und man kann dort auch nicht wirklich viele Besonderheiten entdecken oder erwarten. Für den normalen Bedarf im Schulalltag oder für private Annehmlichkeiten, sofern man das Geld dafür besitzt, reicht es jedoch allemal aus. Das Städtchen liegt ungefähr zwei Stunden Fußmarsch von der Schule entfernt. Erfolgten diese erbetenen Einkäufe in der Regel unentgeltlich, so brachte mich ein einfacher Scherz bald dazu eine kleine Gebühr für meine Arbeit zu erheben. Einmal sprach mich ein Student aus einem der älteren Jahrgänge an. Ich möge ihm doch Zutaten für seine Zaubertränke mitbringen. Er benötige diese Ingredienzien dringend für ein bevorstehendes Experiment. Zum Spaß erklärte ich ihm, dass es ihn schon etwas kosten würde, wenn ich ihm diese Dinge von meinem Tagesausflug in die Stadt mitbringen sollte. Er drückte mir bereitwillig etwas Geld in die Hand und fragte mich, ob dies genug sei. Über diese unerwartete Tat konnte ich nur verblüfft nicken. Die Forderung einer kleinen Gebühr wiederholte ich zu einem späteren Zeitpunkt erneut und wieder erhielt ich geradezu kommentarlos einen kleinen Obolus für meinen Dienst. Es sollte dann nicht mehr lange dauern und ich wurde bald schon eine feste Größe im Schwarzmarkt der Studenten von Uthiel. Bereits nach kurzer Zeit ging ich schon selbst nicht mehr auf solche Botengänge. Schnell hatte ich den Dreh raus und beauftragte andere Studenten, die gerade ihren Ausflug in die Stadt unternahmen und mir die geforderten Waren mitbringen sollten. Dafür erhielten sie von mir etwas Geld und ich erhielt von meinen Kunden das Geld. Ein an sich stimmiges und florierendes Geschäft. Ich konnte sogar einmal einen meiner Lehrmeister helfen, indem ich ihm Heilkräuter beschaffte die sogar er nicht auf dem hiesigen Markt finden konnte oder von seinen eigenen, üblichen Quellen aufgetan werden konnten.

Vielleicht war dies alles der Grund, warum mir meine Arbeit zu Kopf gestiegen war und ich den

Blick für die wesentlichen Dinge verloren hatte. Zugegeben ich bin nicht immer sehr gut mit den anderen Studenten umgegangen. Gerade die neuen Studenten, die noch nicht wussten wie das Geschäft funktionierte, habe ich gerne zu meinem Vorteil und ihrem Nachteil in meine Geschäfte eingebunden. Ich verlangte von ihnen zuweilen feste Kaufpreise, die sie am Markt nicht oder nur sehr selten erreichen konnten. Es erforderte schon ein sehr hohes Maß an Geschick und Können mit den Händlern von Fauroe zu feilschen. Sie kannten uns Studenten und wussten, dass die meisten von uns wohlhabend oder auf die verkauften Waren und Materialien angewiesen waren. Gelang es meinen Käufern nicht den vorgegebenen Preis einzuhalten so nahm ich es von ihrer Prämie. War diese aufgezehrt so zwang ich sie sogar von ihrem eigenen Geld mir die Differenz zu meiner Prämie zu kompensieren. Ich weiß nicht wie ich so derart degenerieren und tief sinken konnte. Auch wenn das jetzt scheinheilig klingen mag, so habe ich zeitlebens Halsabschneider und Betrüger verabscheut. Die Strafe für diese Schandtat werde ich nun bald zahlen müssen und ein jeder, der dies hier lesen sollte, mag sich sein eigenes Urteil über die Rechtmäßigkeit bilden.

Der dumpf durch die Decke gellende Glockenschlag der Turmuhr lässt mich zusammen fahren und erschüttert mich bis ins Mark. Es hat zur halben Stunde geschlagen. Der Gedanke daran und was ich damit verbinde, wage ich nicht hier nieder zu schreiben. Das Blut gefriert mir erneut in den Adern. Mir bleibt nur noch so entsetzlichen wenig Zeit.

Dieser Wahnsinn begann vor zehn Tagen. Die Heuernte war kurz vor ihrem Ende und die eingesetzten Studenten würden bald zurückkehren. Danach erhielten sie immer ihren Lohn und es wurde ihnen erlaubt in die Stadt zu gehen. Dies war für mich die beste Gelegenheit die neuen Studenten für meine Sache zu gewinnen. Meine zuvor beschriebene Vorgehensweise ließ sich oft nur einmal bei einem Studenten anwenden. Daher musste ich versuchen so viele Aufträge wie möglich über einen von ihnen abzuwickeln. Zu diesem Zwecke wartete ich stets bei der Lohnausgabe und sah mir die anderen

Studierenden sehr genau an. Mein Ziel waren dabei stets die Studenten, die alleine und unerfahren aussahen. Ich konnte es nicht gebrauchen, wenn andere, die mich und meine Geschäfte kannten, im Weg waren und sie warnten. Ich sollte jedoch in diesem Jahr kein Glück haben. Der jüngsten Belagerung der Schule war es geschuldet, dass nur sehr wenige neue Studenten zuletzt aufgenommen wurden.

Der Hintergrund der Belagerung war der Streit zwischen dem Königshaus von Kantahar und Quarta. Da der Kronprinz von Kantahar ebenso in Uthiel ausgebildet wurde, lag es für Quarta nahe diesen als Druckmittel vom Erzmagier heraus zu pressen. Sie wollten ihn als Geisel für ein stattliches Lösegeld eintauschen und Kantahar zur Beilegung des Konfliktes bewegen. Sie hatten allerdings nicht damit gerechnet, dass die Schule durchaus in der Lage war sich zu verteidigen. Der Erzmagier nutzte den magischen Schutzschild der Schule. Die exponierte Lage auf einer kleinen Insel mit steiler Felsküste, machte eine Eroberung unmöglich. Irgendwann musste Quarta die Belagerung aufgeben. Wie sich beide

Parteien später einigten, das habe ich nicht mehr verfolgt. Mehr Zeit will ich hier nicht auf die Belagerung selbst verwenden, da meine Zeit zu knapp bemessen ist. Neben diesem Fakt und zu meinem Ärger waren diese wenigen neuen Studenten dann auch noch in Begleitung ihrer Freunde, die ihnen rieten sich von mir fernzuhalten. Mir war es daher unmöglich an einen profitablen Laufburschen zu kommen. Betrübt von meiner erfolglosen Unternehmung ging ich frustriert in den Speisesaal.

Ich hatte die Hoffnung schon fast aufgegeben als mir im Speisesaal einer der neuen Studenten über die Füße lief. Er war soeben eingetreten und sah sich suchend im Saal um. Diese hellen Haare und das jugendliche Gesicht, das so überhaupt nicht zu ihm passte, wirkten befremdlich. Seine eisengrauen Augen waren mit dunklen Ringen unterlegt, sein Mund war schmal und machte auf mich den Eindruck von reservierter Verbitterung. Nachdem er sich einen ersten Überblick verschafft hatte, setzte er sich zielstrebig an einen leeren Tisch an der Wand. Dabei hatte er sich einen Platz hinter einer Säule gesucht, um nicht vom Rest der anwesenden Studenten gesehen zu werden. Ich folgte ihm unauffällig und setzte mich zu ihm an das andere Ende des Tisches. Er hatte mich nicht bemerkt oder ignorierte mich einfach. Auch hier war er damit beschäftigt sich im Saal umzusehen. Anfangs tat ich so als würde ich nur mein Mittagessen einnehmen und aß in aller Ruhe, während ich ihn aus dem Augenwinkel scharf beobachtete. Ich nahm mir die Zeit dazu, um ihn nicht durch eine überhastete Reaktion meinerseits misstrauisch zu machen und zu verschrecken. Er dagegen hatte sich nichts zu essen geholt, sondern saß nur mit verschränkten Armen da und starrte durch den Raum. Zu meinem Glück – oder wie ich heute weiß – zu meinem Unglück, sprach er mich überraschend an. Er fragte mich ob ich die Lehrerin Minvera kennen würde und ihm etwas über sie erzählen könnte. Als guter Geschäftsmann ergriff ich diese Gelegenheit sofort beim Schopfe und bestätigte ihm dies. Schon jetzt warf ich unterschwellig ein, dass ich für diese Information eine Gegenleistung erwartete. Ich versuchte mich so subtil wie möglich zu verhalten, doch ihn schien das nicht viel zu kümmern. Er begann daraufhin nur seine Fragen zu stellen; Wie lange Frau Minvera schon an der Schule unterrichtete. Mit welchen der anderen Lehrmeister sie sich gut verstand. Wie ihr Verhalten zu den Studenten war und welchen Ruf sie unter den Studenten genoss. Ich für meinen Teil hatte begonnen ihm zu erklären, welche Regeln für eine Zusammenarbeit mit mir galten und an welche Bedingungen sie geknüpft waren. Irgendwie weiß ich noch heute nicht, wie wir beide so sehr aneinander vorbei reden konnten. Denn als alle seine Fragen beantwortet waren, sah er mich plötzlich mit großen, verblüfften Augen an. Sein schallendes Gelächter hatte mich in dem Moment so unvorbereitet getroffen, dass ich zurückgeschreckt war. Ich hätte damals schon allein an diesem heimtückischen Lachen merken müssen, wie anders dieser junge Mann war. Doch mein Fokus war auf die Anbahnung des Geschäftes gerichtet und es musste mich für diese Warnsignale dafür blind gemacht haben. Es war mir so, als habe er gerade erst meinen Anwerbungsversuch bemerkt.

Wie bereits erwähnt traf mich sein Lachen unerwartet, war ich doch aufgrund meines Rufes und Status im Schwarzmarkt eine sowohl gefürchtete, als auch geliebte Instanz an dieser Schule. Ich genoss bis zu diesem Zeitpunkt ein durchweg zuvorkommendes Entgegenkommen. Da zu irgendeiner Zeit jeder Student etwas aus der Stadt benötigte und niemand es sich deswegen mit mir verscherzen wollte. So schlecht mein Ruf auch als Auftraggeber war, so war zumindest meine Reputation als Beschaffer und Organisator exzellent.

Eine Studentin, sie hatte kurz zuvor an unseren Tisch Platz genommen, hatte unser Gespräch unweigerlich angehört. Sie bemerkte welchen Fehler der Weißhaarige machte und belehrte ihn, in höchstem Maße alarmiert, über meinen Ruf und Status. Ebenso klärte sie ihn darüber auf, welchen Fehler er machte, wenn er sich meinen Groll zuzöge. Der Bursche sah sie die ganze Zeit aufmerksam an und schwieg. Am Ende ihrer Brandrede nickte er bloß und wandte sich mir wieder zu. Seine Miene war dabei gefasst und er musterte mich mit seinen müden Augen. Er streckte mir die Hand auffordernd entgegen. Ohne auch nur ein Wort der Entschuldigung an mich zu richten und ohne jegliches Zeichen von Reue, fragt er mich nach meiner Warenliste. Diese hatte ich bislang aufgerollt zwischen meinen Händen unter dem Tisch hin und her geschoben. Ich lauerte ihn an und händigte ihm das Stück Papier aus. Ich richtete mich gedanklich schon darauf ein, dass er sich nun korporativer zeigen würde. Es wäre nicht das erste Mal, dass ein Student anfangs sehr unfreundlich mir gegenüber auftrat und sich anschließend bei mir für sein Verhalten entschuldigte. Er las die Zeilen in bedächtiger Ruhe, so als wolle er Zeit schinden und sich die Worte für seine Entschuldigung noch zurechtlegen. Auch dies geschah für mich nicht zum ersten Mal. Umso erstaunter, fast schon beleidigt war ich, als er mich erneut auslachte. Nun aber war sein Lachen wesentlich härter vom Klang, beinah wie ein beißendes Bellen. Er fragte mich, ob ich Respekt erwarten würde, wenn ich mich für solche Krämereien einbinden ließe. Er begann einige Gegenstände auf der Liste zu zitieren.

Im Ganzen waren es Alltagsgegenstände; Kämme, Bürsten, Schleifsteine, Federkiele, Papier und anderes. Er gab mir auf eine – sagen wir sehr unfreundlichen – Art und Weise zu verstehen, dass ich mich mit dieser Arbeit zu einem besseren Dienstboten mache und an einfachen Dienern halte er sich nicht auf. Mich traf diese infame Beleidigung überraschend. Ein solches Verhalten musste ich mir noch nie anhören, vor allem nicht von einem neuen Studenten.

So dachte ich zumindest damals. Ich verteidigte meine Arbeit als Verwalter und Vermittler und war damit eben kein Dienstbote. Ebenso machte ich ihm deutlich, dass ich deswegen eben keine der anderen niederen und schmutzigen Arbeiten an der Schule erledigen müsste. Er lehnte diese Art der Geschäfte mit einer wegwischenden Handbewegung geradezu lapidar ab. Das erzürnte mich noch mehr und ich geriet in Rage. Ich hatte in der Vergangenheit schon öfters mit Adeligen oder eben solchen zu tun gehabt, die sich dafür hielten und kannte deren Attitüden. In diesem Moment hielt ich ihn auch für einen eben solchen.

Ich fragte ihn ungläubig ob er denn nichts aus der Stadt bräuchte. Darauf erklärte er mir, alle die zum Verkauf stehenden Gegenstände bereits zu besitzen oder sie seien nicht wert sie zu besitzen. Auch würde er dafür allein niemals in die Stadt gehen müssen. Er sei im Stande alles selbst herzustellen und auch vorrätig zu haben. Den Verkauf seines Materials lehnte er dabei im gleichen Atemzug kategorisch ab. Als wenn ich von ihm nach diesen beleidigenden Worten noch etwas hätte haben wollen. Er erklärte mir weiter, er werde ohnehin nur ein einziges Mal nach Fauroe gehen, nur um festzustellen, dass er von dort nichts bräuchte. Er bezeichnete die Stadt als eine bloße Ansammlung von Hütten und Häusern. Ich reagierte schließlich wütend und sprang von meinem Stuhl auf. Ich prophezeite – ja sogar drohte ihm in meiner Wut, dass sollte er jemals etwas von mir brauchen, ich ihm niemals helfen werde. Insgeheim überlegte ich mir, ihm sogar dann auch noch Steine in den Weg zu legen.

Er sah mich mit einem amüsierten Lächeln an und provozierte mich damit nur weiter. Er meinte, dass diese Kleinigkeiten die ich da vermittle nicht in seinem Interessensgebiet lägen. Sein folgendes Gegenangebot jedoch sollte meine Meinung von ihm auf eine trügerische Weise verändern. Er erklärte, ich müsse ihm schon rares oder gefährliches Gut für seinen Respekt oder wenigstens Achtung bieten. Diesen Dingen alleine gelte sein Interesse. So herausgefordert witterte ich meine Chance. Ich setzte mich wieder zu ihm, doch er war aufgestanden und signalisierte mir durch eine Kopfbewegung, dass wir den Saal verlassen sollten.

So verließen wir also den Speisesaal und traten hinaus auf den Korridor. Der Weißhaarige ging mit mir schweigend die Flure hinab, durch die Hallen und entlang des Wandelgangs, der zum hinteren Garten und dem Troparium mit seinen Pflanzen für den Heilkundeunterricht führte. Die gesamte Zeit über sagte er dabei kein Wort. Sein düsterer Blick sah dabei ruhig vor sich hin. Seine auf den Rücken zusammengelegten Hände erweckten auf mich mehr den Eindruck eines bedächtigen Spaziergängers und standen in diesem krassen Gegensatz zu seinem vorherigen arroganten und geradezu pöbelhaften Auftreten. Wir traten unter dem Wandelgang neben der Bibliothek vorbei und umrundeten diese. Hinter dem nordwestlichen Wehrturm von Uthiel gab es eine weitere kleine Gartenanlage. Sie wurde umrahmt von der hohen Mantelmauer, die sich im Nordwesten bis über den Osten um die Insel schlang, auf der die Schule stand. Dieser Garten selbst war von der Bibliothek zur linken Seite, den Lehrsälen zur Rechten und dem nordwestlichen Turm umfasst. Der Garten konnte nur über ein kleines vergittertes Tor betreten werden. Dieses war jedoch in der Regel verschlossen und nur offen, wenn sich einer der Lehrmeister im Garten befand, der den Schlüssel zu diesem Tor besaß. Doch mein Begleiter schob die Tür auf, während die Riegel im Türschloss hörbar knackend aufsprangen. Ich hatte dabei keinen Schlüssel in seiner Hand bemerkt, er musste daher die Tür mittels eines Zaubers oder ähnliches geöffnet haben. Auch jetzt macht mich dies weder nervös, noch misstrauisch. Er sah mich nur einen Augenblick an, als wolle er meine Reaktion darauf sehen, die durchaus als verblüfft zu bezeichnen ist. Ein gewisses Unbehagen über den angenommenen Verlauf unserer Unterhaltung, schwellte ebenso in mir und sollte sich in Kürze bestätigten.

Der Grund für den dauernden Verschluss des Tores ist an sich sehr einfach erklärt; denn in der Mitte dieser Gartenanlage befinden sich zwei Steinkreise. Der eine ist klein und aus schweren Findlingen errichtet, die eng beieinander liegen. Der andere Kreis ist weitläufig um den kleineren Kreis gezogen und besteht aus wesentlich kleineren Steinen. Er diente nur als optische und einfache Hürde für einen unbedarften Spaziergänger in diesem Garten. Die gefährliche Besonderheit jedoch barg der innere Steinkreis. Denn in ihm steht eine Blutweide in ihrer majestätischen Pracht gefangen.

Blutweiden sind an sich normal aussehende Weidenbäume, in ihrer Form sind sie eine Mischung aus Korbweiden und Trauerweiden. Sie können an ihrer markanten rötlichen Rinde identifiziert werden.

Denn diese sieht zuweilen aus, als hätte jemand sie mit Blut bestrichen. Auch sind gerade Blutweiden im Frühjahr und Sommer sehr gut zu erkennen, da sie ganzjährig wenig bis gar kein Blattwerk tragen. Ihre langen, peitschenartigen Äste dienen Ihnen als Fanginstrument. Normalerweise jagen sie nur Vögel oder anderes kleines Getier, selten größer als ein Hund. Doch gerade die uralten und damit großen Exemplare sollen dabei gesichtet worden sein, wie sie Menschen aber auch ganze Pferde gefangen haben sollen. Sie zerren ihre Beute ins Zentrum ihrer Krone oberhalb des massiv wirkenden, tatsächlich aber hohlen Stamms. Im sogenannten Herz des Baumes angelangt, wird das Opfer langsam aber sicher zerquetscht und geschächtet. So erzählt man sich zumindest. Was davon nun Wahrheit und was davon Märchen ist, das weiß eigentlich keiner so genau. Niemand wagt sich freiwillig an diese todumwitterten Bäume heran.

Dieses blutrünstige Exemplar eines Baumes besitzt tatsächlich die Größe einen Menschen zu vertilgen. So zumindest hat man es uns immer erzählt und ihre Größe ließ keinen Zweifel daran. Wie dieser monströse Baum auf die Insel gelangen konnte oder wie er hier her gelangt ist, das wissen nicht einmal jene, die schon immer in dieser Schule gelebt und gewirkt haben. Man erzählt sich, selbst in den Annalen dieser Schule sei schon immer von dieser Blutweide berichtet worden. Manche behaupten, sie war bereits vor der Schule hier. Andere meinen, dass die Schule um sie herum gebaut wurde. Anfangs sei es nur ein kleiner Außenposten von Magiern oder Forschern gewesen, die diese Pflanze studierten. Später habe sich daraus langsam aber sicher die Hohe Schule von Uthiel entwickelt. Andere wiederum sind der Meinung, die Blutweide wurde nachträglich erst in diesen Garten gepflanzt, um sie genauer zu untersuchen und zu studieren. Das erklärte zumindest, wie die Steinkreise errichtet werden konnten, um diesen Baum am Wandern zu hindern. Was davon nun wahr ist weiß ich nicht. Was mir jedoch später erst klar werden sollte, war die Tatsache, dass mein Begleiter diesen Ort nicht ohne Grund ausgewählt hatte. Er bot ihm die perfekte Kulisse für unseren

Handel. Es hätte mir damals schon eine Warnung sein sollen. Doch ich war seinerzeit geblendet von meiner Wut auf ihn und danach kurzweilig von seinen Versprechungen, bevor er sein wahres, schreckliches Wesen offenbarte.

Wir blieben am Rand des äußeren Steinkreises vor der Blutweide stehen. Mein Begleiter sah mit verklärtem Blick hinauf in die Krone des Baumes. Ich dagegen blieb mit respektvollem Abstand mehrere Fuß weit von dem äußeren Steinkreis entfernt stehen. Die Pflanze war mir immer schon suspekt gewesen und dieser weißhaarige Kerl war mir plötzlich nicht mehr geheuer. Er fuhr zu mir in einer geisterhaften Bewegung herum und sah mich mit aufmerksamen Augen an. Es war als würde sein Blick durch mich hindurch sehen. Er kam ohne große Umschweife auf seinen Auftrag zu sprechen. Er versprach mir in einem Tonfall absoluter Selbstverständlichkeit, dass er mir für die erfolgreiche Erledigung den stolzen Betrag für ein gesamtes Jahr Schulgeld anbieten würde. Ich war überrascht, erstaunt und entsetzt gleichermaßen. Er forderte für diesen Lohn ein Pfund Fleisch, dass ich ihm aus der Stadt besorgen sollte. Ich sah diesen Auftrag als absolut machbar an und praktisch schon als erledigt. Die Einfachheit des Auftrags und die Höhe der Summe jedoch hätten mich spätestens zu diesem Zeitpunkt stutzig werden lassen müssen. Ich hatte ihn zu diesem Augenblick jedoch vollkommen falsch eingeschätzt. In meiner Naivität begann ich zu prahlen, dass das überhaupt kein Problem sei und dass er das Fleisch schon so gut wie in den Händen halten würde. Er bremste mich in meinem blauäugigen Eifer, indem er forderte, ich müsse ihm das Pfund Fleisch innerhalb von zehn Tagen übergeben. Davon abgesehen wolle er nicht irgendein Stück Fleisch haben. Es müsse ein sehr bestimmtes Stück Fleisch aus der Gegend sein, von wem und wo ich es her nehme, sei ihm dabei einerlei. Er hielt mir seine linke Hand zum Einschlagen hin. Hier nun beging ich meinen fatalen Fehler. Den Fehler, der mein Leben verändern oder besser gesagt beenden sollte. Da ich dies hier nun schreibe sollte es letzteres sein. Ich dachte nur an das Geld und meinen verletzten Stolz. Und so schlug ich einfach ein.

Meine euphorischen Gedanken schwanden, als er meine Hand fest umklammert hielt, worauf ich ihn genauer ansah. Sein Gesicht hatte eine etwas offenere Miene angenommen. Er entschuldigte sich überraschend bei mir und meinte er habe sich in mir getäuscht. Ich sei wohl doch bereit für meine Arbeit über Leichen zu gehen. Ich verstand zunächst nicht was er damit meinte und hinterfragte seine Aussage. Die aufgeweckte Miene des Weißhaarigen verlor sich wieder in diesen emotionslosen und distanzierten Blick. Sein Händedruck wurde spürbar schwächer, als würde auch in ihm das Missfallen über meine Worte Anklang finden. Er sprach mir seine Enttäuschung aus, da ich offensichtlich mit meiner Zusage vorschnell und leichtfertig gehandelt hätte. Auch dies hinterfragte ich bei ihm und mir wurde langsam mein Fehler gewahr. Er erwiderte daraufhin, dass ich die Bedingungen unseres Handelns besser vor und nicht erst nach seinem Abschluss hätte hinterfragen sollen. Ich verstand immer noch nicht und sah ihn nur verdutzt und ratlos an. Er zog mich dichter zu sich. Seine eisengrauen Augen sahen tief in die meinen. In seinem ruhigen Ton fuhr er fort und erklärte mir die Bedingungen unseres soeben abgeschlossenen Geschäftes: Ich solle ihm innerhalb von zehn Tagen ein Pfund Fleisch aus dem Schenkel einer jungen Frau bringen, höchstens sechzehn bis zwanzig Winter alt. Aus der Innenseite ihres Oberschenkels, eine Handbreit vom Schoß bis höchstens eine Handbreit vom Knie. sollte mir das nicht innerhalb der gesetzten Frist gelingen, so werde er sich das Fleisch von meinem eigenen Leib holen.

Wir beide schwiegen, als die große Turmuhr ihre zwölf Schläge zur Mittagsstunde kund tat. Er ergänzte, sich und datierte mit einem deutlichen Unterton den Liefertermin auf pünktlich zwölf Uhr Mittag. Ich reagierte verstört und fragte ihn bei all den wirren Gedanken, die in dem Moment durch meinen Kopf schossen, was in allen Göttern Namen er mit dem Fleisch eines Menschen wolle. Doch er warf mir mit einem furchtbaren Grinsen einfach meinen Wahlspruch ins Gesicht: «Nichts sagen. Nichts fragen. Nur bezahlen.»

Ich weiß nicht ob er mich zu dem Zeitpunkt verspotten wollte oder ob er einfach nicht auf meine Frage antworten wollte. Eine Antwort wollte ich ohnehin nicht. Mir wurde klar, dass ich diese Frage nur in einem instinktiven Reflex zur Klammerung an die menschliche Vernunft gewagt hatte zu stellen. Mir dämmerte langsam, dass es einen Grund haben musste, dass er meinen Wahlspruch kannte. War es ein abgekartetes Spiel seinerseits gewesen? Hatte er mir nun eine Falle gestellt?

Unweigerlich blickte ich nun erst auf seine linke Hand hinunter, die die meine immer noch festhielt und damit das Geschäft und auch mein Schicksal besiegeln sollte. Auch wenn sich seine Hand kaum bewegte, war mir als würde sein Händedruck immer fester werden und mich geradewegs in die Knie zwingen. Sein Gesicht gewann seinen eigentümlichen Ernst zurück und sein Kopf legte sich etwas zur Seite. Er musterte mich. Beinah unbemerkt hatte er mich näher an sein Gesicht herangezogen. Nur um mir zu flüstern, er setze auf meine Verschwiegenheit als Geschäftsmann und erklärte diesen Handel zu unserem kleinen Geheimnis. Wenn ich darüber nachdenke, dann erscheint mir diese Bezeichnung als grotesk und ja sogar menschenverachtend. Andererseits wusste ich die Blutweide vor mir. Ich war zu diesem Zeitpunkt felsenfester Überzeugung, dass sollte ich den Handel ablehnen, er mich diesem monströsen Gewächs zu Fraß vorwarf. Anders war dieser seltsame Ort für unser Gespräch nicht zu verstehen. Er löste seinen Händedruck und ging an mir vorbei Richtung dem kleinen Tor und verließ den Garten wieder. Ich sackte etwas in mich zusammen und atmete schwer aus. Unterbewusst hatte ich die längste Zeit meinen Atem angehalten und der tiefe Atemzug war eine Wohltat. Dies konnte mich jedoch nicht über das beruhigen, was mich danach ereilte.

Im nächsten Augenblick fuhr ich zusammen, als er nochmal geräuschlos an mich herangetreten war. Er erklärte mir mit einem grausamen Flüstern ins Ohr, ich solle meine Zeit nicht daran vergeuden und ein anderes Stück Fleisch beschaffen. Er würde wissen, wenn dieses Stück Fleisch nicht seinem spezifischem Wunsch entspräche. Er wiederholte daraufhin seine Bestellung erneut. Mir trat kalter Schweiß auf die Stirn und mir brannte sich ein Bild in den Kopf. War er ein Kannibale? Ich stellte mir unweigerlich vor, wie er an einer reich gedeckten Tafel in genüsslichem Schwelgen von dem zubereiteten Fleisch aß.

Er ging nun endgültig. Ich blieb alleine zurück und sah ihm nach bis er um die Ecke des Tores gebogen war. Aufgrund des knarzenden Rumorens hinter mir blickte ich unweigerlich hinauf zu der Blutweide, die sich sacht in dem windstillen Hofgarten wiegte.

An den Rest von jenem Tag und dem nächsten kann ich mich kaum mehr erinnern. Ich glaube ich war in absolutem Entsetzen erstarrt und brauchte so lange bis ich realisierte, dass dieser Alptraum wahrhaftig geschehen war und eben kein Traum war. Die nachfolgenden beiden Tage verbrachte ich damit mir einzureden, dass es nicht wahr sein konnte. Es war einfach zu absurd und schier unmöglich, dass ein

Mann einfach auf mich zugekommen war und Menschenfleisch von mir für eine grotesk hohe Summe einforderte. Ich geriet darüber in den nachfolgenden Tagen so dermaßen in Rage und Wut, dass ich sogar für meine engsten Freunde unausstehlich erscheinen musste. Ich schlief kaum mehr und erwischte mich selbst dabei, wie ich des Nächtens verbotenerweise durch die Korridore der Schule wie ein Dieb streifte. In mir raste und dröhnte das unweigerliche Hin und Her, den Handel zu erfüllen oder doch für meine lästerlichen Todsünden von Gier und Stolz zu sterben. Ganz klein und leise in meinem Hinterkopf regte sich aber auch ein leiser Zweifel an der Echtheit dieses morbiden Auftrages. Wollte mir womöglich nur jemand einen bitterbösen Streich spielen und dieser Unbekannte schauspielerte mir solche Bosheit nur vor? Ich wusste es nicht.

In einer Nacht entdeckte ich meinen abnormen Auftraggeber ebenso durch die Schule wandern. Der Vollmond war in weniger als einer Woche erreicht und so konnte ich ihn deutlich an seinem weißen Haarschopf erkennen. Es zog ihn zum Korridor wo die Lehrmeister ihre privaten Wohnräume hatten. Ich beobachtete ihn, wie er mit Fräulein Minvera sprach und ihr einige Papiere aushändigte. Er ließ die sonst sehr ruhige Elfe mit einem Ausdruck der Fassungslosigkeit zurück. Nachdem er den Korridor weiter entlang wanderte, wartete ich bis sie ihre Türe geschlossen hatte und folgte ihm. Er unternahm eine Runde über die verlassene Wehranlage der Schule. Er schien einfach nur Spazieren zu gehen, während mir vor irrer Raserei fast der Schädel platzte. Ich versperrte ihm auf der Spitze von einem der großen Wehrtürme den Weg und stellte ihn zur Rede. Meiner nervlichen Anspannung war es zu verschulden, dass ich ungehaltener mit ihm sprach als ich eigentlich wollte. Ich forderte eine Antwort von ihm, was der Grund für diesen abscheulichen Handel mit Menschenfleisch sei. Doch er hob nur die Arme präsentierend und fragte mich, ob dies nicht offensichtlich sei. Das vom Nachtlicht bläulich illuminierte Haar glühte vor dem Vollmond. Das Weiß seiner Augen und Zähne glühten in einer eigentümlich, unheimlichen Lumineszenz in dem ansonsten

83

in Schatten geworfenen Gesicht. Ich versuchte seine auffordernde und zugleich präsentierende Geste zu enträtseln und bemerkte schlussendlich den großen fahlen Lichtmond, der sein feenhaftes, weiches Licht auf uns warf. Mir fielen unweigerlich die Erzählungen und Gerüchte über Mondsüchtige und Werwölfe ein. Wollte er dieses Fleisch um seinen Hunger zu stillen? Darauf angesprochen lachte er mich jedoch aus. Wenn ich an sein manisches Gelächter zurück denke, läuft es mir erneut eiskalt den Rücken hinunter. Es war ein ruhiges, fast gerauntes Lachen, dem ein fürchterlicher Wahnsinn innewohnte. Er trat auf mich zu und starrte mir tief in die Augen. Aus der Nähe betrachtet war insbesondere das seltsame Glühen in seinen Augen noch deutlicher zu sehen. Als würden seine Augen von innen heraus etwas Bedrohliches in die Welt scheinen. Er erklärte mir, wenn ich nicht von selbst darauf käme, dann könne er mir nicht helfen. Ich schwieg darüber und fasste schließlich den Mut ihn zu bitten den Handel aufzulösen. Doch er zeigte nicht einen Augenblick auch nur den Hauch von Interesse daran. Er belehrte mich nur darüber, dass jede Handlung eine Konsequenz nach sich zöge und trat an mir vorbei in den Treppenabgang. Ich rief ihm in meiner Verzweiflung nach und fragte ihn damit nun direkter, ob er ein Kannibale sei. Da blieb er erstarrt stehen. Mit einer geradezu schauerlichen Bewegung fuhr er herum und sah mich mit Augen an, die liderlos wirkten, so weit standen sie aufgerissen in seinem Gesicht. Diesmal war sein Gesicht vom Lichtmond beschienen, doch seine Augen lagen in unnatürlicher, abgrundtiefer Schwärze verborgen. Obwohl seine Antwort eigentlich mehr eine Feststellung war, als ein Zugeständnis, war es mir in dem Kontext nochmal so grauenvoll vorgekommen. Die folgenden Worte brannten sich wie glühende Eisen in meinen Kopf ein und ich muss und kann sie daher hier wortgetreu wiedergeben: «Ein Kannibale zu sein bedeutet das Fleisch seiner eigenen Art zu verzehren.» Ich blieb über diese Belehrung oder Feststellung alleine auf dem Turm zurück und starrte in den blauen Mond hinauf. Ich rätselte fieberhaft darüber, ob die Worte «seiner eigenen Art» von ihm besonders betont waren oder nicht. Ich verlor meine Beherrschung darüber, da ich glaubte schon vergessen zu haben, wie er diesen fürchterlichen Satz betont hatte. In diesem Moment schlug mein Ärger in Verzweiflung um und mir wurde klar was Wahnsinn wirklich bedeutete.

Die folgenden Tage war ich am Boden zerstört und verließ kaum mehr das Bett. Herr Lateum, der Arzt der Schule, sah zwar nach mir. Doch er konnte mir nicht den Grund entlocken, der mich ans Bett fesselte. Ich blieb von nun an in meinen weltschweren Gedanken versunken. Ein Teil von mir wollte sogar, dass er mich ausnahm wie der Schlachter das Schwein. Ein anderer, dunkler Teil von mir plante eine der Studentinnen zu opfern, um meine eigene Haut zu retten. In meinem Kopf schmiedeten sich Pläne und Abläufe für die Umsetzung diese morbiden Unternehmung und ich entsetzte mich selbst darüber. Etwas in mir verweigerte und wehrte sich gegen diese abstoßenden Gedanken. Ich dachte viel an früher, an die unbeschwerten Tage als kleines Kind und auch die letzten Monate und Jahre hier in

Uthiel. Warum habe ich mich in diese Situation gebracht und warum konnte ich mich nicht aus ihr befreien. Mir fiel jede Gemeinheit und jedes böse Wort ein, das ich je zu jemand sagte und ja, schämte mich dafür. Wenn ich so darüber nachdenke hatte sich in den letzten beiden Tagen, ehe ich dies hier nun niederschreibe, eine paradoxe Akzeptanz in meine Gedanken eingeschlichen. All mein Denken und auch Handeln war von einer großen Ruhe begleitet und mir war, als würde ich mein Umfeld nun zum ersten Mal richtig wahrnehmen. So musste es sich anfühlen wahrhaftig zu leben.

Ich muss den Leser dieses Berichts für den Ausrutscher und die schwindende Eleganz meiner Handschrift um Verzeihung bitten. Ich schreibe unweigerlich schneller, da mir nun die Zeit zwischen den Fingern weg rinnt.

Der erste der zwölf Glockenschläge der Turmuhr hat gerade geschlagen. Unterbewusst zähle ich nun jeden Glockenschlag unweigerlich mit. Zweiter Glockenschlag. Auch wenn der Ton dumpf und abgeschwächt hier unten ankommt, so gellte dieser plötzliche Klang in meinen klingelnden Ohren. Dritter Glockenschlag. Ich halte den Atem an, da ich glaube etwas am anderen Ende des Kellers gehört zu haben. Das hastige Kratzen meiner Feder auf dem Papier überdeckt es jedoch. Vierter Glockenschlag. Während ich hier schreibe, drücke ich vorsichtig das weiche Wachs der Kerze erneut zusammen. Es bleibt nur noch ein kümmerlicher Rest von der Kerze und die Flamme ist auf einen kleinen, glimmenden Schein zusammengesunken. Fünfter Glockenschlag. Ich höre ihn. Ich höre seine bedächtigen Schritte durch die mich umgebende Finsternis an den feuchten Wänden widerhallen. Jeder Schritt lässt mich dabei erneut zusammenzucken. Sechster Glockenschlag. Die Zeit zwischen jedem Schlag kommt mir vor wie Stunden. Mich überkommt immer wieder die stille Hoffnung, dass die Glocke aufgehört hat zu schlagen. Doch dann schlägt sie erneut. Siebter Glockenschlag. Er ist nun fast greifbar. Ich warte nur noch darauf, dass sich der schwarze Vorhang der Dunkelheit lüftet und er direkt vor mir auftaucht. Ich sehe schon förmlich sein Gesicht in dem sterbenden Kerzenlicht vor mir. Achter Glockenschlag. Ich glaube seinen heißen Atem auf meiner Haut zu spüren. Die Schritte werden lauter. Neunter Glockenschlag. Er hat ein Messer! Ich weiß nicht warum mein Magen sich bei dieser Erkenntnis nun zusammenzieht. Ein bedrohliches Schaben verrät mir, dass er die Klinge an einem Schleifstein wetzt. Zehnter Glockenschlag. Er lässt den Stahl der Klinge tatsächlich in gleichmäßigen Zügen über die raue Oberfläche des Wetzsteins fahren. Dieses Geräusch lässt meine Nackenhaare hochfahren. Es macht mich wahnsinnig! Schlimmer noch als das ist dieses fürchterliche, namenlose Lachen. Dieses von Wahnsinn besessene, leise Lachen prasselt wie ein Regen glühender Nadelstiche auf meine Haut. Elfter Glockenschlag. Ich erschauere bei jedem Blick, den ich vom Papier wage. Ich sehe immer wieder angedeutete Explosionen kleiner Funken beim Schleifen in der Dunkelheit aufblitzen. Zwölfter Glockenschlag. Er steht vor mir. Sein Gesicht ist wie ein Alptraum aus der abgrundschwarzen Finsternis aufgetaucht. Das Messer reflektiert das Licht der Kerze, die mit meinen Nerven gleichsam schwindet. Die Flamme erlischt endgültig und hinterlässt nur den dünnen Geruch von verbranntem Wachs. Ich werde es ihr nun gleichtun. Stille kehrt ein. Seine Augen leuchten wie auf dem Wehrturm durch die uns einhüllende Finsternis. Die beiden schwach glühende Augen starren mich nun aus der mich umflutenden Finsternis an.

«Hast du das Pfund Fleisch?» dröhnt seine Frage durch die Grabesstille. Ich kenne die Antwort.

Auf bleichem Platze

Mein Name ist Amon. Ich bin der bescheidene Diener meines Herrn und Meisters Setech Netecthul, einem Septevaren der ersten Stunde. Das an sich und für sich betrachtet mag einem noch recht harmlos erscheinen. Man mag bei diesen Worten annehmen, ich sei der gewöhnliche Diener eines gewöhnlichen Herren. Doch Meister Setech ist nicht wie die anderen Meister des Blutkultes, obwohl ihnen allen der gefährliche Ruf der Grausamkeit anhaftet. Er trägt die größten und bedeutendsten Titel, die ein Septevar tragen kann: Erster Caevarius des Blutengels und Septevar ohne Herz und Gnade. Diese Titulierungen – das wissen nur noch die wenigsten Menschen – sind uralt. Sie entstammen der Zeit, als Septevarius selbst vor 97 Jahren noch auf der Weltenscheibe wandelte und meinem Herrn seine Titel und Ämter von ihm noch Höchstselbst verliehen wurden. Dieses Wissen und der Umstand, dass mein Meister ein Wiedergänger aus eigenem Blute und

Willen ist, impliziert unmissverständlich, dass auch er uralt ist. Schlimmer noch als sein unglaublich hohes Alter, ist die Tatsache, dass er ein Meister vom Grauen Tempel ist, ein Anhänger vom Kult des Grauen Gottes. Den Namen des Ewigen Gottes spricht in ganz Haeresien niemand aus. Nur Wahnsinnige verehren ihn – so sagt man unter vorgehaltener Hand. Und nur rasende Irre wagen seinen Namen über die gehauchte Andeutung eines Flüsterns hinaus auszusprechen.

Septevaren, das waren einmal die Menschen einfacher Stämme der haeresischen Dschungelebene. Dieser große, im Südosten Mittreichs angesiedelte Landstrich unterlag einer beinah vollständigen Isolation äußerer Einflüsse. Grund hierfür war das Feyergebirge. Jenes vulkanische Ödland mit seiner lebensbedrohlichen Landschaft und Fauna, das sich auf der gesamten nördlichen Grenze dieser Ebene erstreckte und nach Süden vor der großen Wüste abknickte. Diese natürliche Barriere und die allgemeine Angst vor dem finsteren Urwald, sowie seiner exotischen und teilweisen giftigen Flora und Fauna, ließen diese Kultur über ungezählte Zeiten in sich selbst brüten. Es war von jeher ein Konglomerat aus verschiedenen größeren und kleineren kriegerischen Stämmen und Stadtkönigreichen. Sie sind vergleichbar mit den Stämmen der Barbaren auf Ostreich, nur auf einen wesentlich kleineren Maßstab. Jeder externe Einfluss war schnell untergraben. Dabei muss man wissen, dass jeder Stamm einem anderen Gott, ihrer ansonsten üppigen Zahl an Göttern, die Treue geschworen hatte. Da jeder dieser Götter eine andere Lebensweise und Wertekanon repräsentierte, ist die tiefe Abscheu und Feindschaft zum jeweiligen Nachbarstamm kaum verwunderlich. Hinzu kam die allgemeine Abneigung gegen die weißhäutigen Fremdländer. Einzig dem Großen Septevarius gelang der Einfluss auf diese Menschen durch einen Aspekt ihrer Religion, der alle miteinander verband. Heute wissen nur noch Wenige, dass er einst ein gefeierter Kriegsheld des siegreichen Nordens im Zweiten Krieg der Sonne war. Doch er wurde durch den Krieg korrumpiert, desillusioniert und mit jener unheilvollen Macht gesegnet, die später nur noch als Blutsmagie bekannt sein sollte.

Es wird einen kaum verwundern, dass diese naturnahen Völker unerklärlichen Phänomenen, wie Sonnenfinsternissen oder Ernteausfällen gerne mit Tier- und Menschenopfern begegneten. Der Erfolg dieser gesellschaftlichen Ereignisse sprach sich in Haeresein schnell herum und so entfaltete sich früh ein Opferkult, der sogar vor Menschenopfer nicht zurückschreckte. Aufgrund der kriegerischen Natur der haeresischen Stämme besaßen sie in ihrem Götterkosmos Corocuthlec, den Gott des Blutes und des Krieges. Von diesem Gott soll Septevarius seine Macht erhalten haben oder sogar von ihm selbst abstammen. Somit wurde er zum einzigen Gott, der leibhaftig auf der Weltenerde wandelte. Diese Tatsache öffnete ihm Tür und Tor in alle kleinen und großen Reichen Haeresiens. Über Dekaden formte und errichtete er das Denken und die Kultur dieser Menschen neu und erzog sich seine gewaltige Zahl an Kultanhängern, die sich Septevaren nannten. Er verdrehte ihre Religion so sehr, dass einziges Streben für einen Septevaren nur sein konnte so viele Blutopfer an ihn und die anderen Götter zu schicken, um in ihrer Gunst zu steigen. Niemand war es von da an gestattet einen anderen zu töten, stand er nicht im Rang eines Priesters der Götter oder Septevaren. Wer es dennoch wagte, der verging sich an einem Opfer der Götter und erfuhr grausame Strafen. Mit dieser Interpretation beendete Septevarius das zeitlose gegenseitige Jagen und Töten verfeindeter Stämme endgültig.

Das plötzliche Auftauchen der Septevaren während des zweiten Mittreicher Kongresses vor bald einhundert Jahren her. Die nachfolgende Verheerung des gesamten zentralen Kontinents ruft noch heute, fünf Generationen später, in jedem Volk seine eigenen traumatischen Schrecken und Grauen mit diesen entsetzlichen Despoten hervor. Die massenhaften Opferungen ihrer Gefangenen an ihre blutdurstigen Götter taten ihr Übriges. Seine Abkömmlinge besaßen die gleiche unheilvolle Macht wie ihr Herr. Es gab jene, die den Blutrittern anhängen und diese Macht nur auf sich selbst erwirken können.

Ausgestattet mit unmenschlichen Kräften und hoher Selbstheilung waren sie das Rückgrat der Armee und oberste Elite im Felde. Die Blutmeister des Septevarius waren mit solcher Macht gesegnet, dass sie in der Lage waren das Fleisch, Knochen und alles Lebendige zu beherrschen, zu formen und zu zerreißen durch einfache Berührung oder sogar nur in ihrer bloße Gegenwart.

Doch sein Reich wuchs zu schnell, der Aufruhr gegen diese Unmenschlichen war allein durch Terror und Tod nicht länger zu unterdrücken. Selbst die unvorstellbare Massenopferung von abertausenden Menschen auf dem gesamten Kontinent konnte keine Ruhe mehr in die weitläufigen neuen Provinzen bringen. In diesem allgegenwärtigen Leid erstarkten die noch nicht unterworfenen Feinde und brachten das Ende dieses kriegsdürstenden Hohepriester des Corocuthlecs. Am Ende wurde Septevarius zwischen den Armeen des Viktorianischen Großreichs, unter ihrem auferstandenen Großfürsten Viktorius Faust VIII und dem Heiligen Bund, einem Zusammenschluss vieler Königreiche des Ostens, vereint durch den ersten Heilsbringer Raziel unter unvorstellbaren Verlusten geschlagen. Das zum Reich herangewachsene Haeresien wurde zeitgleich von dem, unter Drachenkaiser Frederikus Drakii, neu ausgerufenen Ewigen Reich Arkalon im Westen in einer nie dagewesenen Strafexpedition in Schutt und Asche gelegt. Haeresien und alle Zeichen ihrer Götter wurden systematisch im Feuer der arkonischen Drachen und Feuermeister vernichtet. Allein der vehemente Einsatz des Heiligen Bandes, das später in den Glaubensbund der Kreuzer aufging, verhinderte eine gänzliche Ausrottung des haeresischen Volkes durch die Arkoner. Sie wollten das Land missionieren und den Menschen den Glauben an Frieden bringen.

Im Verborgenen jedoch versammelten sich die auf dem ganzen Kontinent verstreuten Septevaren erneut und harrten, im Schatten wartend, auf ihren zum Wiedergang erwarteten Herrn und Meister. Wenige Jahre später gab der Glaubensbund seine Mission aufgrund anderer schwellender Konflikte auf und wurde von dem uralten Glauben der

Haeresier sehr schnell wieder verdrängt. Die Septevaren erstarkten in ihrer Macht langsam wieder, doch erlangten sie nie wieder vollständige Einigung und erhielten sich nur in regionalen Machtzentren. Der unter Septevarius stark beschnittene haeresische Adel und Priesterschaften der alten Götter und Kulte, sowie die fremdländischen Impressionen durch Handel und Reisende beeinflussten dieses in seiner Identität beraubte Volk auch die Jahrzehnte danach.

Ich sprach davon, dass mein Meister ein Wiedergänger sei. Die Erscheinung eines Wiedergängers ist in vielen Kulturkreisen auf Mittreich bekannt und gefürchtet. Sie erscheinen als Untote, als Geister oder sogar als Auferstandene. Ihre oftmals feindliche Gesinnung beruht auf ihre Rachsucht gegen die gestörte Totenruhe oder ihrer liederlichen Lebensweise. Die Wiedergänger des haeresischen Kulturkreises jedoch haben sich erst nach dem Ende von Septevarius entwickelt. Ich hatte bislang nur die Schauermärchen aus den Erzählstuben gehört und bin dem einen oder anderen schon aufgrund der

Begleitung meines Herrn begegnet. Die Ursprünge der Wiedergänger sollten mir jedoch schon bald bekannt werden. Der Wiedergänger in Haeresein ist dabei ein an sich besonders abnormes Konstrukt in der die Mumie eines Septevaren oder anderen der Blutsmagie mächtigen Wesen sicher vor witterungsbedingten Einflüssen in einem teilweise gläsernen Sarg ruht. Dieser sogenannte Somaphag war ein von einem anthropomorphen Panzer umgebener Sarg und eigentlich dem Menschen im wirklich nur weitesten Sinne nachempfunden. Der Wiedergänger kann mittels seiner Blutbändigung die in seinen Panzer eingearbeiteten, eigenen sterblichen Überreste oder die von anderen Lebewesen nutzen, um sich zu bewegen. Sie haben etwas Makaberes, wenn sie in ihren eigenen, reich verzierten und gepanzerten Somaphagen mit Armen und Beinen über die Welt der Lebenden wandeln, als sei nichts gewesen.

Mein Meister war dabei ebenso ein Widerspruch des lebenden Seins. Sein Wiedergang erfolgte auf einer ganz anderen Ebene, er war nicht in einem Somaphag gefangen oder gar mumifiziert. Seinen

Wiedergang selbst habe ich nicht erlebt, doch über die Jahrzehnte loyaler Dienerschaft konnte ich ein gesichertes Wissen oder zumindest Erkenntnisse über ihn ansammeln. Wenngleich auch einiges an Spekulation und ja auch etwas morbide Phantasie dazu gehören. Seine fahle Haut ist so weiß wie Asche und gleicht der eines vor Kurzem verstorbenen Menschen. Sein Fleisch ist seltsam konserviert, sogar elastisch und weich. Dennoch trägt er keine Körperwärme mehr in sich. Sein Kopf ist von einem schwarzen Helm aus Glas oder Obsidian verhüllt, der an die Grundform eines Topfhelms erinnern mag. Entgegen eines solchen Schutzes ist sein Helm weder mit Sehschlitzen, noch mit Luftlöchern ausgestattet. Soweit ich mich erinnern kann hat er diesen Helm noch nie abgenommen. In seltenen Momenten emotionaler Ausbrüche habe ich beobachten können, wie die sonst starre Oberfläche wie menschliche Haut pulsierte. Zuweilen schimmern durch diese seltsame Oberfläche zwei glutrote Lichtpunkte hindurch, als würden seine Augen selbst glühen und durch schwarzes Glas scheinen. Diese rotglühenden

Augen vermögen es zudem von schier jeder Stelle seines Helmes zu sehen. Es wirkte auf mich als könne er seinen Kopf innerhalb dieses Helmes, wie eine Eule, komplett drehen. Obgleich ich durch meine Beobachtungen den Eindruck gewonnen habe, dass er sich dieser eigentlich gar nicht bedienen brauchte. Da er alles in seinem Umfeld erfassen und manipulieren konnte, was lebendig oder einmal lebendig war, musste er mit einer Art Drittes Auge zu sehen vermögen. Selbst Pflanzen und Wasser konnte er zähmen und somit auch wahrnehmen. Ein Pfad der Blutsmagie, die sich Goldener Pfad nennt und als erstes von Septevarius selbst beherrscht wurde. Sein obsidianfarbender Helm taucht in einen schweren Schulterpanzer mit hohen Stehkragen ein. Dieser geht in eine lange, dunkle Robe über, die über doppelte Ärmel verfügt. Die kurzen Ärmel sind weit geschnitten und reichen bis zum Ellbogen, das längere Ärmelpaar bedeckt die bandagierten und behandschuhten Hände gänzlich. Durch den fehlenden, gepanzerten Somaphag und einer nicht einmal oberflächlich erkennbaren Mumifizierung, erliege selbst ich gelegentlich der Illusion, dass er ein lebendiges Wesen ist. Tatsächlich aber ist er ein uralter Racheengel des Septevarius, der als wandelnde Leiche durch die Welt der Lebenden wandert.

Dies erklärt vielleicht auch meine mehr oder weniger freiwillige treue Dienerschaft und Bindung an diesen Schrecklichen. Eine Flucht vor ihm wäre undenkbar und auch sinnlos. Er würde mich finden, selbst wenn ich ungestraft aus dem Dunstkreis seiner Macht entkäme. Aufgrund der Tatsache, dass die Grauen Meister nur eine Strafe kennen und dann auch rigoros umsetzen, wäre es doppelter Wahnsinn, den Zorn von Meister Setech auf sich zu ziehen. Davon abgesehen entstamme ich dem dienenden Volk in Haeresien. Obwohl ich meine Familie nie kennen gelernt habe oder über die Jahrzehnte meine Erinnerung an sie verloren habe, waren meine Eltern Diener und so bin auch ich geboren um zu Dienen. Manchem Fremden, der dies von mir erzählt bekommt, fragt, ob ich mit diesem Leben zufrieden sei. Darauf entgegne ich stets, dass es für mich keine Frage der Wahl sei. Einem Septevaren ungehorsam zu sein, das bedeutet einen grausamen und unausweichlichen Tod zu sterben. Einem Grauen Meister zu erzürnen bedeutet einen ewigen Tod zu sterben. Die Akzeptanz zu diesem Schicksal und mein genügsames Wesen ließen mich stets das Beste aus meiner Lage machen. Wer meinen Herrn Setech kennt oder auch nur ahnt zu was er im Stande ist, der kann die Beziehung zwischen uns beiden nicht verstehen. Selbstverständlich neigt auch mein Meister zu schrecklichen Taten, doch als guter Diener weiß ich die meisten seiner Gesten zu lesen und ihn so zu besänftigen.

Ich erinnere mich der Begleitung meines Meisters auf einer Reise zur Nekropole des Isara. Sie sollte uns von der Großzitadelle Askesá zuerst zur Königsstadt Mophobam hoch oben im Gebirge des nördlichen Rückgrats führen. Um jedoch das Wesen und die Gewaltigkeit meines Meisters nachvollziehen zu können will ich die Ereignisse in Askesá an dieser Stelle nicht aussparen;

Es war gerade die Zeit, in der mein Meister nach fast 80 Jahren in seine alte Heimat zurückkehrte. Ich begleitete ihn als Diener in seinem zweiten Leben erst seit sechs Dezennien. Wir bereisten über ein halbes Jahrhundert die gesamte Weltenerde. Warum mein Meister dies tat, das weiß ich nicht. Ich kann mich aber nicht daran erinnern, dass wir jemals etwas anderes taten. Er besuchte Orte und Personen, sammelte allerlei obskure und exotische Artefakte aus der Vergangenheit von Haeresien und seiner Vorgeschichte. Dies tat er, ohne mir auch nur einen schlüssigen Hinweis darauf zu geben, ob er mit diesem Vorgehen einen festen Plan verfolgte oder einfach nur durch die Weltgeschichte wanderte. Und so wanderte ich stets an seiner Seite, ohne zu wissen, wo uns unsere Reisen hinführten. Ich fragte ihn aber auch nicht nach seinen Beweggründen und sicherlich hätte ich sie auch nicht verstanden, selbst wenn er bereit gewesen wäre sie mir ganzheitlich und erschöpfend darzulegen. Ich existiere an seiner Seite, um ihm zu dienen, nicht um von ihm zu lernen.

Vor wenigen Monden jedoch hatte er den plötzlichen Drang verspürt nach Haeresien zurück zu kehren. Wie so oft hatte er mir das Ziel nicht verraten und so standen wir, für mich unerwartet, vor dem Feyergebirge und durchwanderten die brennende Ödnis. Bis ich in einem Anflug der Euphorie von einer Felskante des Gebirges bis zur Küste den dampfenden und brütenden Urwald von Haeresien unter unseren Füßen erblickte. Ich wagte es wie immer nicht, meiner empfundenen Begeisterung äußerlich Ausdruck zu verleihen. Innerlich überkam mich eine Verzückung von beinah vergessenem Ausmaß. Ich platzte schier vor Freude meine alte Heimat nach so vielen Jahrzehnten endlich wieder-sehen zu können. Entgegen meiner Versuche meine Euphorie zu verbergen, entging meinem Herrn meine kindliche Vorfreude nicht. Ich weiß nicht wie ihm dies gelang, doch er las in den Menschen wie in aufgeschlagenen Büchern. Ich habe inzwischen so-weit verstanden, dass er die Regungen meines Inne-ren zu dieser Beobachtung nutzte. So war mein Herzschlag ihm Aussage für vielerlei Dingen neben der Reaktion auf physischer Anstrengung. Auch hier maßregelte er mich und nahm meiner Erwartung die empfundene Freude

«Bevor er sich der falschen Hoffnung und illusorischen Freuden hingibt, mag er die Dauer unserer Abkehr von diesem Land bedenken. Alle die er kannte oder die ihn kannten sind tot! Haeresien kann keiner von uns beiden mehr Heimat nennen.» Einem Dritten, der die Eigenart meines Herrn nicht kannte, dem mögen diese Worte kränkend erscheinen. Ich verstand seine Warnung vor dem mir bevorstehenden Enttäuschungen und Kummer über den Wandel der sich inzwischen vollzogen haben musste Meister Setech war stets von grimmigem, vielleicht auch verbitterten Wesen und sprach die ernüchternde Wahrheit hinter den Dingen nur allzu oft noch vor einem höflicheren Ton an. Einer flüchtigen oder nur kurzen Bekanntschaft fällt es schwer seine Absichten hinter diesen Worten zu erkennen. Dies kann nur jemand entdecken, der so lange mit ihm unterwegs gewesen ist, wie ich es bin. Wir kehrten von diesem Punkt ohne große Umwege vom Feyergebirge in die Großzitadelle von Askesá ein.

Die Königsstadt Askesá war einst die größte und wohl auch prächtigste Stadtzitadelle Haeresiens.

Hier vereinten sich die Eliten des Adels, Militärs und jedes Handwerks. Die absolute Spitze der Königshäuser lebte und wirkte in Askesá. Die Stadt selbst unterschied sich dabei recht wenig von denen anderer Großstädte Haeresiens. Jedoch waren der Heilige Bezirk mit seinen Altarpyramiden, den Tempeln der großen Kulte und die Verbotene Stadt, in der einst Septevarius als König der Könige Haeresiens residierte, die wohl imposantesten und mitunter größten Bauwerke die Haeresien in seiner sehr wechselvollen Geschichte hervorgebracht hatte. Der Heilige Bezirk, auf dem, der mit fast dreihundert Fuß Höhe, höchste Altar zu Ehren von Blutgott Corocuthlec stand, umfasste zwölf Morgen Land. Die anderen, deutlich kleineren Altarpyramiden der alten Haupt- und Nebengötter, umringten den sogenannten Großen Altar. Der gesamte Platz der Götter, der um die Altare lag, war wortwörtlich mit den Schädeln aller von Septevarius selbst getöteten Feinde gepflastert. Diese makabere Tradition gefiel seinerzeit und etablierte sich in kürzester Zeit in ganz Haeresien und alle Septevaren und die Orden selbst buhlten mit diesem messbaren Maßstab um die Gunst der Götter. Dies war auch der Grund für die berüchtigte Blutrünstigkeit der Septevaren. Askesá stand trotz, dass es bald zehn Dekaden her war, in dem Septevarius zu den Haeresiern kam, immer noch im Zeichen seiner Herrschaft. Der Thron auf dem er gesessen hatte, wagte seit seiner Vernichtung, niemand mehr zu besteigen. Dem Thron sitzt inzwischen wohl voran ein Herrscherrat aus Septevaren. Sieben Führer der großen Kulte wechselten sich in Dynastien von drei regierenden Jahren und sich anschließenden achtzehn beratenden Jahren stetig ab.

Wir waren in Askesá recht annehmlich im Viertel der Septevaren untergebracht. Es zählte für mein Verständnis zu den größten und imposantesten von ganz Haeresien. Mein Herr hatte mit einem entsprechenden autoritären Auftreten dafür Sorge getragen, dass ihm der Luxus widerfuhr, eines der Häuser für sich alleine beanspruchen zu können, wenngleich es nichts Besonderes war. Ich profitierte hiervon ebenso, obschon ich in der auferlegten Verlassenheit mit niemanden über die Entwicklungen und Geschichte meiner alten Heimat sprechen konnte. Andererseits blieb mir erspart mich mit den oftmals lästigen Dienern der anderen Septevaren herumschlagen zu müssen. Sie verstanden nicht, wie mein Alter zu meinem Körper passen kann.

So angenehm die Unterkunft auch war, so selten hielt sich mein Meister darin auf und so auch ich. Ich begleitete ihn stets und nur sein Wort hätte mich von dieser Pflicht entbinden können. Diesem Kredo folgenden, war ich eigentlich immer an seine Seite. Entweder wollte er mich um sich wissen oder er vergaß einfach meine stille Gegenwart. Zwingend begleiten musste ich ihn jedoch, da er nur einen größeren und einen kleinen Beutel am Gürtel trug. Alles andere überließ er mir zum Tragen. Selbst die nicht unbeachtliche Reisekasse war in meiner Obhut und Verantwortung. Somit hatte ich alle durch ihn ausgehandelten Geschäfte oder die üblichen Besorgungen ohne sein Zutun abzuwickeln. Den Inhalt seiner beiden Beutel an seiner Taille kannte ich nicht genau. Da mein Meister Setech Neugierde ohne

Interesse am Wissen verachtete, habe ich den Inhalt auch nie hinterfragt. Was ich nicht wusste, damit musste ich mich nicht in meinen Träumen auseinandersetzen. Mit diesem Verhalten hatte ich immer sehr gute Erfahrungen gemacht. In dem kleineren Beutel, so wusste ich zumindest, verwahrte er allerlei gefundene Artefakte und Schätze. In Kürze jedoch sollte ich auch erfahren was der grauenvolle Inhalt des größeren der beiden Beutel war.

Ich beobachtete seit unserer Ankunft in Askesá eine wachsende, erregte Unruhe bei meinem Meister. Er war mehr als sonst gereizt und verschlossen, als es für ihn gewöhnlich war. Sein erster Auftritt nach bald hundert Jahren auf der politischen Bühne in Haeresien, warf ihm überraschend Misstrauen und Ablehnung entgegen. Zwei Dinge, die er nicht kannte und die man tunlichst vermeiden sollte ihn spüren zu lassen. Er erfuhr am Hofe der Großen Zitadelle kurzzeitig sogar Hohn und Verachtung, da ihn dort einige jüngere Septevaren für einen Hochstapler hielten und ihm diesen Vorwurf offen ins Gesicht warfen. Nachdem Meister Setech diese Emporkömmlinge jedoch mit einer lapidaren Handgeste seiner Blutmacht für immer mundtot machte, konnte er dieses Verhalten gegen seine Person erfolgreich unterbinden. Die übrigen Anwesenden akzeptierten nun zumindest, dass er sich Septevar nennen durfte, da er der Blutmacht fähig war. Trotz des an sich brutalen Beweises seiner Macht, gingen die übrigen Septevaren ohne große Anteilnahme am Schicksal der jungen Männern ihren täglichen Geschäften nach. Zum Herrscherrat wollte man ihn dennoch nicht vorlassen.

Mein Meister wurde, kurz nach seiner Demonstration von Macht, von einem unscheinbaren Mann angesprochen. Er stellte sich als Torn vor. Er war ein Blutritter des Dorn-Kults und erklärte uns, dass es zum jetzigen Zeitpunkt ungünstig sei einfach sein Vorspracherecht einzufordern. Obschon Torn noch ein Septevar in seinem ersten Leben war und auch in diesem noch nicht allzu alt war, ließ sich mein Meister überraschend auf seine angebotene Gastfreundschaft ein. Wir begleiteten ihn und seine Leibgarde aus Salveten zu einem prächtigen Palast im östlichen

Gebiet des Septevaren-Viertels, wo uns seine Gastfreundschaft widerfuhr. Auf dem Weg hatte ich mir Herrn Torn genauer angesehen. Er trug eine Maske aus vernarbter Menschenhaut, die mit Dornenranken an seinem Kopf befestigt war. Dennoch war es mir möglich ihn etwas zu studieren. Mir fiel eine gewisse Unbeschwertheit im Umgang mit meinem Meister auf. Entweder war er sehr mutig oder unwissend um die Person, die er in sein Haus eingeladen hatte. Die Stimmung von Meister Setech dagegen war nicht zu deuten. Sein Haupt war wie immer unter dem obsidianfarbenden, ölglänzenden Helm verborgen. Er sprach auch nicht oder machte eine Bewegung von der ich auf irgendeine Reaktion hätte schließen können. Ich bemerkte, trotz der ungerechten Behandlung im Tempel, nun keine Anzeichen von Feindseligkeit oder Ärger an ihm. Diese absolute Emotionslosigkeit war mir schon immer die schrecklichste aller von ihm denkbaren Reaktionen. Sie war Ausfluss von tobsüchtiger Wut und den damit verbundenen verheerenden Massakern. Aber auch Ausgangspunkt gelassenen Verhandelns und weltgewandten Diskutierens. Was ihn zur damaligen Zeit bewegte, das blieb mir vorerst verborgen.

Der prächtige kleine Palast, in dem wir unsere Räume bezogen, war überwältigend. Wir betraten nach dem Eingangsbereich einen großen, überdachten Innenhof. Die brütende Hitze der Stadt war augenblicklich einer kühlen, angenehmen Luft gewichen. Der schwere, schwüle Duft von Blumen lag in der Luft und ließ jede Anspannung in mir weichen. Ein Diener unseres Gastgebers führte uns in unsere Räume, sodass wir uns frisch machen konnten. Torn fragte uns nach unserer Unterkunft und wollte die Abholung unserer Habseligkeiten veranlassen. Dies erübrigte sich jedoch, da wir stets pflegten mit wenig Gepäck zu reisen.

In unseren zugewiesenen Räumen angelangt, kümmerte ich mich kommentarlos um meinen Herrn. Mein Augenmerk lag dabei auf dem Saum seiner dunklen Robe und Schuhe, die ich vom Staub der Straße befreite. Ich hätte ihn in diesem ruhigen Moment gerne nach seiner Meinung zu unserem Gastgeber gefragt. Doch ich wusste nicht, ob wir belauscht würden, daher schwieg ich wohlweißlich, um meinen Herrn nicht in Verlegenheit zu bringen oder gar zu erzürnen. Nachdem ich meinen Herrn in seiner Erscheinung hergerichtet hatte, tat ich selbiges rasch auch für mich selbst. Anschließend gingen wir hinab.

Im Innenhof wurden wir von unserem Gastgeber gebührend wieder empfangen. In der Mitte des zweistöckigen Hofs befand sich ein großes, knietiefes Wasserbecken. Inmitten des Beckens befand sich auf einer Insel ein Pavillon aus reichverzierten Schnitzarbeiten. Der Baldachin war aus dickem Leinen gearbeitet und üppig mit Stickereien verziert. Wir wurden in den Pavillon hineingeführt und mein Herr nahm auf großen, quadratischen Sitzkissen Platz. Weitere Kissen im Rücken und große runde Kissen zu den Seiten, vermittelten den Eindruck eines breit angelegten, flachen Sessels, wie ich sie aus den nördlichen Ländern kannten. Eine traditionelle Sitzecke, wie sie auch beim Adel oder den Herrscherhäusern in Haeresien, aber auch entlang der Gebiete um und in der Gotchiwüste und im Südreich genutzt wurden. Ich verblieb in der üblichen Manier neben meinem Herrn stehen. Erst eine unscheinbare, deutende Geste von ihm erlaubte mir mich auf eines der bequemen Kissen in seiner direkten Nähe zu setzen. Unser Gastgeber beobachtete diese Tat zuerst verblüfft, sagte jedoch aus Höflichkeit nichts. Die bevorstehenden Ereignisse im Verlaufe unseres Aufenthaltes sollten ihm später auch klar machen, dass er gut daran tat meinen Meister nicht zu hinterfragen.

Nach einigen Erfrischungen unterhielt sich mein Meister und Torn über unsere Reise und den Grund der plötzlichen Rückkehr nach Haeresien. Ich spitzte anlässlich dieses Gesprächsthemas die Ohren, während ich ansonsten in der erwartenden Aufmerksamkeit des wachsamen Leibdieners da saß. Jedoch gelang meinem Meister in seiner ihm typischen Redegewandtheit, auch hier das Thema elegant zu umgehen ohne unserem Gastgeber vor den Kopf zu stoßen. Wieder sollten mir die Gründe fremd bleiben, die uns hier hin führten. Ich besah mir den Innenhof daher weiter und beobachtete mit gründlichem Blick jede Handbewegung der Diener, die Speisen und Getränke brachten und wieder fortnahmen. Ihnen war meine Gegenwart bei den Herren wohl auch aufgefallen, zumindest bemerkte ich sie an der Tür flüstern und reden. Offensichtlich verwunderte sie die Tatsache, dass ich als augenscheinlich einfacher Leibdiener in Gegenwart der Hohen Herren sitzen durfte. Wie naiv sie sein mussten zu glauben, dass dieses Privileg ohne einen hohen Preis kommen konnte.

Mein Meister sprach endlich das feindliche Verhalten der Septevaren in der Zitadelle an und Torn berichtete ihm, dass es in den vergangenen Dekaden immer wieder Schwindler und Betrüger gewagt hätten, ranghohe Septevaren der Vergangenheit zu imitieren. Septevaren und andere der Blutsmagie Mächtigen hatten diesen Verrat gleichermaßen unternommen. Sie gaben sich als solche aus und verlangten die ihnen zustehenden Ämter und deren Privilegien ein. Der Herrscherrat der Septevaren hatte daher vor einem halben Jahrhundert entschieden, dass über diese plötzlichen Rückkehrer allein durch den Septevarenherrn Isara geprüft und gerichtet werden sollte. Ich erfuhr durch das Gespräch der beiden Septevaren, wer dieser Isara war. Mein Meister kannte ihn zwar aus seinem ersten Leben, doch da war er noch ein einfacher Blutmeister des Roten Tempels.

Septevarenherr Isara war auch ein Septevar der ersten Stunde. Er hatte den mächtigen Isen-Kult gegründet und galt weithin als Patron des Ordens der Wiedergänger. Er war der erste nach Septevarius selbst, der den Goldenen Pfad der Blutbändigung beschritt und er schuf auf sein Geheiß die Unbesiegbaren des Septevarius. Sie waren der Ursprung des Ordens der Wiedergänger. Isara wurde der Kopf einer kleinen Elite, die sich bis zum Selbstversuch aufopferte um Ergebnisse zu liefern. Die Entdeckungen und Entwicklungen waren bahnbrechend genauso wie sie erschreckend waren. Er schaffte es nicht nur die Seele aus den Mahlströmen der Unterwelt zu extrahieren, sondern sie wieder an Materie zu binden. Damit die Seele allerdings gebunden sein kann, bedarf es dem ursprünglichen Gefäß, also mindestens ein Teil der sterblichen Überreste eines potenziellen Wiedergängers. Den Lehren folgend, ist alle Macht eines Wesens in seiner Seele zu finden, die sie bei sich hält. Somit waren wiedererweckte Probanden durchaus in der Lage ihre Blutsmagie oder andere Fertigkeiten abermals einzusetzen. Die Verschmelzung von Metallurgie und Blutsmagie warf aber noch ganz andere, schrecklichere Blüten. Nicht allein, dass die toten Blutritter wiedergeholt werden konnten, die lebenden Septevaren wurden auch immer besser geschützt. Eine der höchsten Künste, die Isara sein Eigen nennen konnte, war es das Skelett eines Menschen durch eines aus Stahl und Eisen zu ersetzen oder nur Teile davon. Doch bis die Projekte ausgereift genug waren, um damit eine große Zahl von Septevaren mit diesen grässlichen Mitteln noch weiter dem menschlichen Wesen zu entfremden, hatte das Zeitalter des Septevarius seinen Zenit verlassen. Isara versteckte seine Erkenntnisse und Lehren vor dem einmarschierenden Feinden. Die brennenden Armeen Arkalons zerstörten die Laboratorien und Versuchsräume mit allem was darin war. Isara wurde unter den Trümmern verschüttet und sein gesamter Körper von den herabfallenden Steinen zertrümmert. Sein profundes Wissen ging jedoch nicht verloren. Der Großkonservator der Isara zur Seite gestanden hatte, konnte den unverletzten Kopf vom eingequetschten und zertrümmerten Körper seines Herrn abtrennen und am Leben erhalten. So konserviert brachte er ihn in die Bibliothek der Weisen tief ins Schattental. Isara lebte also für die Ewigkeit konserviert unter dem Decknamen seines rückwärts geschrieben Namens Arasi dort im Verborgenen fort. Nachdem die alten Dynastien und überlebenden Septevaren ihre Besatzer vertrieben oder ausgelöscht hatten, fanden Isaras Getreue einige Jahre später den Kopf ihres Herrn und Meisters wieder. Sie konnten von seinem Wissen und seiner Macht schöpfen und ihm wieder eine Gestalt geben. Nach seiner Wiedererhebung unter seinen genauen Anweisungen, setzte er sein Bestreben fort eine Armee für Septevarius zu erschaffen. Diese Ritter werden noch heute, fast einhundert Jahre später, immer unter seiner Anleitung zusammengesetzt. Aus der ganzen Welt, werden die Überreste der gefallenen Septevaren herangetragen. Bisher waren nur die mächtigsten oder weisesten Septevaren zurückgeholt worden. Dabei ruhen noch Tausende von ihnen in den Katakomben und Grüften der großen Nekropole des Isara und warten auf die Rückkehr von Septevarius, damit er sie bei seinem eigenen Wiedergang erneut anführe.

Man mag sich das Erstaunen meines Meisters kaum vorstellen, als er erfuhr, dass Septevarenherr Isara genau wie mein Meister ein Relikt aus der alten Zeit war. Die roten Punkte in dem obsidianfarbenden Helm meines Herrn funkelten und glühten, wie ich es noch nie gesehen hatte. Ohne Frage schien ihn dieser Umstand wahrlich zu erregen. Sei dies nun gut oder schlecht gewesen. Auf jeden Fall sprang mein Meister auf die Füße und ich sogleich auch. Entweder, um ihm sofort zur Stelle zu sein oder um einfach nur rasch das Weite vor einem seiner Wutausbrüche suchen zu können.

Die spiegelnde Oberfläche von Meister Setechs Helm begann zu vibrieren und sich langsam zu deformieren. Mein Meister tobte darüber, dass sein Leumund von dem Wort und Prüfung eines einfachen Blutmeisters abhängig sein sollte. Ich zog mich rasch an das andere Ende des Innenhofs zurück. Die eingenommene Distanz würde dabei bei weitem nicht ausreichen sich vor der Macht meines Herrn in Sicherheit zu bringen, doch es verbesserte die Chancen nicht deformiert oder sogar tot aus diesem Wutausbruch hinaus zu gehen. Torn hatte meine Reaktion beobachtet und war davon wohl selbst eingeschüchtert worden. Dennoch versuchte er meinem Meister davon zu überzeugen, dass diese Vorgehensweise unbedingt notwendig und unumgänglich sei. Er berichtete aufgebracht von verschiedenen Fällen, in denen man solchen Betrügern mehr Zuspruch gab als ihnen zustand. Sie nutzten ihre so erworbenen Positionen schamlos aus und wurden oft erst bei einem Besuch von Isara selbst entdeckt. Der Herrscherrat der Septevaren hatte das unangreifbare Gesetz erlassen, dass jeder sich das Zeugnis von Septevarenherrn Isara einholen müsse, ehe ihm Treue und Glauben geschenkt würde.

«Bloße Macht alleine reicht dabei nicht als Beweis aus», sprach Torn ruhig, was meinen Meister zur Weißglut brachte. Seine blutroten Augen mit den schmalen, schwarzen Pupillen schienen den schwarzgläsernen Helm zum Schmelzen zu bringen. Wie eine dünne Platte aus Wachs unter der Einwirkung großer Hitze sank der Helm in sich zusammen. Die sich verflüssigende Oberfläche bewegte sich zäh wie waberndes Pech und warf kleine Wellen so als würde man gegen eine glatte Wasseroberfläche pusten.

«Bloße Macht alleine reicht nicht als Beweis?» durchfuhr meines Meisters Stimme meinem Schädel mit dröhnendem Widerhall «Wer sind diese Septevaren, dass sie es wagen diese infame Forderung an uns zu stellen? Wir werden sie lehren!» Er wandte sich ab und bewegte sich auf das Tor zu, das uns zuvor in den Innenhof geführt hatte «Rufe diese Emporkömmlinge auf die bleichen Plätze. Sie sollen das Zeugnis unserer Worte mit eigenen Augen begreifen – und daran verzweifeln!» Ich sprang zur Seite und verbeugte mich, als mein Meister wutentbrannt an mir vorbeischritt. Sein Helm hatte seine ursprüngliche Form noch nicht wieder angenommen. Seine roten Augen glommen wie glühende Kohlestücke unheilvoll und beleuchteten ein nur als bloße Ahnung angedeutetes, namenloses Grauen unter dem Helm. Ich spürte die unheilvolle Aura die von ihm ausging und folgte ihm in gebührenden Abstand.

Nach einer kurzen Orientierungsphase auf der Straße, steuerte er ohne Umwege auf den Heiligen Bezirk zu. Alles und jeder, der dabei auf den vollen Straßen und Plätzen in seinen Weg geriet, wurde mit gestenloser Blutmacht fortgedrückt. Mein Körper war taub vor Schmerzen als würden unzählige glühende Nadeln in mein Fleisch gestochen. Dies war mir warnendes Zeichen, dass Meister Setech wahrhaftig rasend vor Zorn war. Ich kannte diesen Zustand und mir war klar, dass er bis zu einem gewissen Grad die Kontrolle über die Beherrschung seiner Blutmacht verloren hatte. Dies hatte enormen Einfluss auf sein gesamtes Umfeld. Tiere und Menschen einfacher Gemüter spürten die nahende Katastrophe und flüchteten bei dieser unheiligen Präsenz von ihren niederen Instinkten getrieben. Ich kannte diese fürchterliche Aura schon lange und konnte sie bis zu einem gewissen Grad und Dauer ertragen. Sein wahrhaftiger Zorn zeigte sich mir, als er eine ganze Sänfte mitsamt dem darauf liegenden Adeligen ohne zu zögern in der Mitte zerriss.

Der Heilige Bezirk von Askesá war südlich zum Verlauf der Sonne ausgerichtet. Das Areal mit den vielen unterschiedlich großen und den vielen verschiedenen Gottheiten gewidmeten Tempel- und Altarpyramiden, war von einer sieben Fuß hohen Mauer aus zyklopischem Mauerwerk umspannt. Wir durchschritten ein massives Torhaus aus riesigen, perfekt ineinander gelegten Findlingen mit kreisrundem Durchgang. Die Wachposten zum Bezirk wollten sich zunächst meinem zürnenden Meister in den Weg stellen, unterließen dies aber dann doch. Ich sah in ihren Gesichtern Furcht und bleiche Angst. Ich kam nicht umhin ihnen zustimmend zuzunicken.

Ich wollte am Eingang des Bezirks warten. Einfache Diener, wie ich einer war, betraten die Heiligtümer nur als Opfergabe an die Götter. Dieser Gedanke brannte in meinem Kopf, als seine blutigen, rotglühenden Augen auf der Rückseite des Helms meines Herrn aufleuchteten und mich unverhohlen anstierten.

«Komm», brodelte seine Stimme in mir. Zögerlich begleitete ich ihn und sah ehrfürchtig zu den steilen Pyramiden hoch, sah die blutigen Treppen hinaufführen und die Spitztürme der Altäre und Tempel über den oberen Rand ragen. Ebenso sah ich über das ansonsten flache und weitläufige Terrain des Bleichen Platzes hinweg. Wir schritten über ein steinernes Pflaster, dessen Weg zu jedem der kleineren Altäre abzweigte. Der Hauptpfad führte ins Zentrum und kreisförmig um die größte Altarpyramide herum. Außerhalb dieses vorgezeichneten Weges lag das blendende Pflaster aus sonnengebleichten Schädeln. Ich sah von meinem Weg bis zu dem zyklopischen Mauerwerk nur menschliche Schädel dicht und akkurat nebeneinander aufgereiht. Einige Mönche oder Priester dieses heiligen Bezirkes waren in der Nähe beschäftigt frische, noch blutige Schädel in dieses schauerliche Pflaster ein zu sortierten. Nach vielen Dekaden meiner Dienerschaft verspürte ich nun zum ersten Mal wieder diese nachtwandlerische Angst vor der blanken Gegenwart meines Meisters. Er war in jenem Augenblick unberechenbar, selbst für mich. Mein Verstand sträubte sich ihm zu folgen, doch meine Füße liefen einfach immer weiter. Mein Meister blieb schließlich vor der riesigen Altarpyramiden im Zentrum des Platzes stehen. Sie maß wohl gute 300 Fuß in ihrer Höhe und ungefähr 500 Fuß in Breite und Tiefe. Die Tempelpyramide besaß sieben große Stufen. Die Seite, die der Hauptachse des Heiligen Bezirks zugewandt lag, besaß eine steile Treppe und wirkte fast senkrecht. Die Treppe war jedoch an der obersten großen Stufe geteilt und verfügte über einen entsprechenden Vorsprung, auf dem der Opferstein stand. Entlang der großen Stufen waren rundherum allerlei Muster und Köpfe in den Stein geschnitzt. Da dies alles zudem fulminant bunt bemalt war, war dieser Altar an sich schön anzusehen.

Die Treppe dieser Pyramide war jedoch mit Abstand die blutigste von allen. Es führten zwei, den Rand der Treppe schmückende, steinerne Schlangen von der Spitze zu uns hinab und mündeten in zwei offene Bassins. Die Schlangenleiber waren innen hohl und leiteten das bei der Opferung an der Spitze dieses Altars aufgefangenen Blut hinab und füllten die kreisförmigen Becken zu beiden Seiten der Treppe. Ich konnte so gerade über den Rand spähen und sah Unmengen Blut. Die Oberfläche des blutigen Inhalts war angetrocknet und trotzdem schossen mir sofort der vertraute, metallische Geruch und Geschmack des Blutes in Nase und Mund. Schwärme von Fliegen umschwirrten uns noch für einen Augenblick surrend, ehe mein Meister einen weiteren Schritt auf die Treppe zu machte. Die Tiere flogen augenblicklich davon oder fielen leblos mit einem kurzen knisternden Schauer auf den Boden. Mir blieb nicht viel Zeit über all das nachzudenken. Mein Meister kletterte bereits die steile Treppe empor. Ich folgte ihm und musste mich zusammenreißen, da das Zittern und Beben meiner Glieder mich immer wieder drohten auf der blutschmierigen Treppe ausrutschen zu lassen. So erklomm ich die Pyramide auf allen Vieren für mehr Halt. Auf der Hälfte der Strecke nach oben sah ich unauffällig zwischen meine Arme hinab und mir wurde für einen Moment schummrig vor Augen. Normalerweise litt ich nicht unter der Angst vor großen Höhen, doch der starke Einfluss der von meinem Meister ausgehenden Blutmacht und der Gedanke meiner Opferung presste Ohnmacht in mich hinein. Meine Glieder reagierten wie fremdgesteuert und ich nahm an, dass Meister Setech mich mit seiner schrecklichen Macht gefügig und willenlos kontrollierte. Mein Geist dämmerte fort in vernebelte Sphären meines Denkens. Mir war als würde ich aus großer Ferne, einem Albtraum gleich, aus meinen Augenhöhlen nur zusehen wie mein Körper die blutverschmierten Stufen erklomm, auf denen selbst meine kleinen Füße kaum vollständig Platz fanden. Ich erreichte schließlich die letzten Stufen zum oberen Podest des Altars und lugte in einem letzten Akt des Widerstandes abwartend über den Rand auf diesen Schlachtplatz für

Menschenopfer. Auf dem oberen Podest war ein großer steinerner, kuppelartiger Schrein errichtet in dessen Mitte eine große Statue mit roter Haut und schwarzer Federmaske, sowie einem Mantel aus schwarzen Federn thronte. An diesen Merkmalen erkannte ich wessen Altar wir erklommen hatten: Ich sah in die schauerliche Fratze von Corocuthlec, dem Roten Gott, dem Blutrünstigen. Trotz der sengenden Mittagssonne, schoss ein eisiger Schauer durch meine Adern und ließ mich frieren. Ich sah zu meinem Meister, der sich ebenso dem Antlitz der höchsten verehrten Gottheit der Septevaren zugewandt hatte. Ein Priester trat aus dem Schatten des Schreins hervor und wies uns schimpfend und drohend an das Heiligtum augenblicklich zu verlassen. Mein Meister erfasste den Mann mit seiner Blutmacht und schleuderte ihn an mir vorbei die Stufen hinab. Da die Treppe sehr steil war, rollte er sich überschlagend hinab. Anfangs hörte ich noch seine Knochen brechen. Nach einigen Stufen war sein Schreien jäh mit ihm gestorben. Ich trat an das in die Treppe hineinragende Podest und starrte hinab. Mir lagen tausende Fragen auf der Zunge, doch versagte mir die Stimme um diese auszusprechen. Mein Meister löste den großen Beutel von seinem Gürtel und trat neben mich an den Rand des Podestes

«Kümmerlicher Wurm», knurrte er und ich torkelte von ihm fort und zurück zum Heiligtum. Von meiner neuen Position aus konnte ich halbwegs gut über den Rand der oberen Ebene dieses Altars hinab sehen. Der todesschreiende Priester hatte viel Aufmerksamkeit auf uns gezogen und so kamen gleichermaßen die Priester, Wachen und sogar anwesende Septevaren näher. Eine kleine Traube Menschen hatte sich um den Toten versammelt. Ich konnte nicht verstehen was sie genau zu uns hinauf riefen, doch ihr Tonfall und drohenden Gesten verrieten ihre Wut und Missfallen über diese Bluttat. Meinen Meister indes störte das reichlich wenig. Er war mit seinem Beutel beschäftigt, zog die Schnüre auf und hob schlussendlich die Arme beschwörend zum Himmel.

«Höret mich ihr Großen Alten», dröhnte seine Stimme über den titanischen Platz hinweg «Höret mich ihr Götter in der Welt.» Seine Stimme hallte mit einem Echo an den anderen monumentalen Heiligtümern zurück «Ich bin Setech Netecthul, Erster Caevarius des Blutengels. Septevar ohne Herz und Gnade. Wiedergänger aus eigenem Willen und Blute. Ich bringe hier das Opfer für eure Freuden.» Ich sah zu meinem Meister mit purem Entsetzen. Der sonst glatte und abgerundete Helm war zu einem nur angedeuteten menschlichen Totenschädel verformt und entstellte sich bei jedem Pulsieren mehr und mehr zu einer entsetzlichen Fratze. Seine sonst mienenlose Maske riss an der Stelle des Mundes zu einem unnatürlich großen Maul auf als er seine Worte schrie. Dünne Fäden zogen sich zäh beim Öffnen und Schließen des Maules über diese klaffende Öffnung in seinem Kopf. Die blutigen Augen hatten die Größe von geballten Fäusten angenommen und schwammen wie roter Eidotter auf dieser ölartigen Flüssigkeit. Sein Gesicht hatte die Morphologie einer dieser dämonischen Fratzen an der Pyramide angenommen. Er fuhr in seiner weithin zu hörenden Anrufung fort und ließ mich aufs Fürchterlichste zusammen fahren «Großer Delethul, dein demütiger Diener steht vor dir, um dir zu überbringen was dich besänftigt.»

Er hatte es gewagt! Delethul war der verehrte Gott der Grauen Meister, doch selbst diese flüsterten seinen Namen in absoluter Ehrfurcht nur. Niemand wagte es den Ewigen Gott mit Namen anzusprechen und erst recht nicht in so laut anzurufen, wie es mein Herr gerade tat. Es bedeutete dem Wahnsinn anheimgefallen zu sein diesen Namen laut auszusprechen. Mein Meister hingegen brüllte ihn aus voller Kehle in die Welt hinaus.

Ich erblickte die wütende Menge am Fuße der Pyramide, die sofort auf die Knie ging und klagende Gebete hinauf zu uns richteten. Diese unterwürfige Reaktion der Priester, Mönche und Septevaren übermannte mein Denken und Fühlen. Mein bebender Blick wanderte erschüttert zu den anderen Altarpyramiden, von wo auch die dort verbliebenen Priester auf die Knie gefallen waren und meinen Herrn zum Schweigen anflehten. Sie warfen sich in ihrer Verzweiflung an die Heiligtümer und Abgötter ihrer Altäre und beklagten sich mit entsetzlichem Gebaren bei ihnen über die in ihren Augen ketzerische Tat. Mein Meister fuhr dem ungeachtet in seiner mir bekannten und vertrauten Erbarmungslosigkeit fort «Jeuatzuecla, dein Kind steht vor dir, um dir zu schenken was dir Freude bereitet. Corocuthlec, dein Sohn steht hier, um dir darzubieten, was dir an Ehre gebührt. Geuboctol, der Reisende zollt dir seinen Tribut. Pleliot, der Führer deiner Krieger steht vor dir, um dir zu reichen, was dein Wille ist. Kotecumar, dein Bruder steht vor dir, um dir die zu bringen, die nicht bestanden haben. Saeoctotl, dein Priester steht vor dir, bezeuge sein Werk was die Großen Alten forderten. Othz, dein Entbeiner steht hier, um dir zu reichen, was dich erfreut. Gamoro, ich bringe dir das Werk meiner Taten, damit du mich wohl als Rechten erkennst und mich wiedergehen lässt. Septevarius, dein Erster Diener steht hier, Vollstrecker deines Willens. Ich tat wie du befahlst. Ich nahm wie du lehrtest. Ich bringe was du begehrtest.» Er schwieg und seine grausame Stimme hallte auf dem Heiligen Platz leiser werdend wieder. Die einsetzende Stille begann in meinen Ohren mit einem stechenden Surren zu schmerzen und trieb neuen Schwindel in mich. Den anderen Menschen musste es ähnlich ergehen, denn auch sie wankten, selbst da sie noch auf ihren Knien waren. Mein Meister riss nun den zuvor geöffneten Beutel in die Höhe und drehte die Öffnung nach unten. Er begann aufs Neue die gleiche Anrufung laut auszurufen. Auch dieses Mal entsetzte es mich.

Mein Blick war aber nun gefesselt von dem Beutel in der Hand meines Meisters. Es musste einer jener magischen Nimmersatten Beutel sein, denn aus seinem Inneren begannen Schädel und abgetrennte Köpfe zu fallen, deren Zahl niemals den räumlichen Umfang des Beutels hätten einnehmen können. Schon bald sollte meine Bestürzung über das Sakrileg, den Namen des Grauen Gottes ausgesprochen zu haben, abgelöst werden von dem, den Verstand korrumpierenden, wahnsinnig machenden Anblick der unzähligen Köpfe. Das abscheuliche Geräusch der dumpf oder knöchern aufschlagenden menschlichen Häupter auf der Steintreppe unterhalb des vorgeschobenen Podestes, brachte meine Nerven beinah zum Zerreißen. Ich sah meinen Meister an, der still und starr einen Arm erhoben hielt den Beutel zu leeren und mit der anderen mittels Gesten seine Anrufung an den Götterkosmos Haeresiens zu untermalen.

Die Zeit verging schleppend und zäh. Von der sengenden Sonne geschwächt, hatte ich mich zuerst nur gewagt auf dem Heiligtum hin zu setzen, später in den Schatten des Schreins etwas Abkühlung zu suchen. Dort lag ich und döste von der Hitze leicht ein. Fern, jenseits der Mauer des Heiligen Bezirks hörte ich das Wehklagen tausender im Einklang singender Menschen. Die gesamte Stadt musste zum Stillstand über die Anrufung des Grauen Gottes gekommen sein. Alle Menschen knieten auf den Straßen, auf den Terrassen oder in den Gärten. Sie beteten zu den Göttern und baten um Verzeihung für diese Gotteslästerlichkeit und die Gnade und den Schutz des gesamten Götterkosmos vor dem großen, grauen Alten.

Meine nervliche Anspannung legte sich. Mir kam es vor als wären Stunden vergangen. Ich blendete die Stimme meines beschwörenden Meisters aus und konzentrierte mich auf die Geräusche der dumpfen Aufschläge und das Purzeln der Köpfe aufeinander. Auf eine bizarre Art und Weise empfand ich dieses Geräusch bald als beruhigend und angenehm. Umso entsetzter sollte ich irgendwann hochschrecken, als dieses Geräusch seltsam verstummt war. Mein Blick sprang sofort zu meinem Meister, da ich erwartete, dass er geendet hatte. Doch fielen immer noch Köpfe aus dem Beutel. Inzwischen waren sie begleitet von einer ekelerregenden, zähen Flüssigkeit, die sich mal blutig, mal eitergelb und mal durchsichtig färbte. Dieser, ich kann es nur als Schleim oder Schlamm bezeichnen, klatschte zuweilen hörbar auf den Steinboden. Doch auch dieses Geräusch war verstummt. Ich wagte den Blick über den Rand der Pyramide und zweifelte an meinem Verstand, als ich sah, dass Myriaden an Schädeln inzwischen so weit aufgetürmt auf der Pyramide und davor lagen, dass die Schädel inzwischen übereinander fielen. Ich wusste, dass das Forttragen der Schädel in die Bleichen Plätze des Heiligen Bezirkes erst nach Vollendung der dargebrachten Schädel erfolgen durfte. Daher war es umso entsetzlicher anzusehen mit welcher Verzweiflung die Priester und Mönche eine Art Damm aus Holz und Steinen errichtet hatten, um diese absurd riesige Schädelflut Einhalt zu gebieten. Nur vereinzelt kullerten Schädel hüpfend über diesen miasmatischen Belag, der die Pyramide wie Schorf überzog. Ebenso lösten sich ab und an einzelne Bereiche und gingen in erdrutschartigen Schädellawinen die Pyramide hinunter. Die heiligen Männer flüchteten dann unter wilden Rufen und eilten danach sofort wieder zurück, einerseits ihre verschütteten Brüder unter den abgeschlagenen Köpfen heraus zu graben, andererseits um ihren provisorischen Damm wieder zu erneuern. Ich torkelte bei dem ekelerregenden Gestank von Verwesung zurück, der mir in die Nase kroch. Erst der Sturz auf meinen Hintern unterband mein Taumeln. Mir schwirrte der Kopf und mein Magen verdrehte sich. Das Konglomerat aus Köpfen in jedem Stadium der Verwesung und Mumifizierung brachte auch alle anderen unangenehmen Begleiterscheinungen mit sich. Süße Ohnmacht sollte mich von diesem Anblick und Gestank endlich erlösen.

Erst das Verstummen der Beschwörungsrufe meines Meisters ließ mich wieder erwachen. Die Morgenröte des folgenden Tages tauchte die Pyramide in glühendes Rot. Mein Meister stand immer noch regungslos da und schien nicht einmal die Andeutung von Schwäche zu offenbaren. Ich sprang auf die Beine und meine Wahrnehmung war sofort wieder mit abartigem Verwesungsgeruch durchdrungen. Eine stinkende Wolke aus Fäulnis und Pestilenz hüllten die Pyramide ein. Jedoch war er besser durch die Kühle des Morgens und dem leichten Wind in meinem Rücken zu ertragen, sodass ich nicht sofort wieder mit neuer Übelkeit und Ohnmacht zu kämpfen hatte. Mein Meister atmete tief ein und verstaute den Beutel wieder an seinen Gürtel. Ich trat bebend an seine Seite und starrte auf das Meer aus Köpfen hinab. Ich fühlte mein eigenes Starren in den nekrotischen Anblick dieser todesdüsternden Wüstenei. Während ich in diesen brandigen Abgrund hinab starrte, starrten ungezählte Augenhöhlen zurück. Mir versagte bei diesem Bild jeder Muskel, jedes Wort, jedes Gefühl und ja sogar jeder Gedanke. Ich konnte einfach nur in dieses endlose Grauen voller leerer Augen starren. Welch ein Wahnsinn, schoss es mir durch den Kopf, als mir gewahr wurde welche Tat hinter diesem, das Leben selbst verachtenden Anblick stand. Vor mir lag das Ergebnis eines hundert Jahre andauernden Schlachtens von Menschen und die Abnahme ihrer Köpfe als Trophäe und Siegesbeweis für die Götter.

Mein Meister trat an mir vorbei und berührte mich im Rücken. Sein Handrücken streifte nur flüchtig kurz meine Schulterblätter. Doch diese Berührung hatte gereicht mich meines Verstandes wieder zu besinnen und ihm zu folgen. Während er jedoch mühelos und leichtfüßig über die Schädel hinweg nach unten schritt, fiel mir der Weg nicht so leicht. Ich wankte und torkelte wie auf einem schwimmenden Baumstamm über die nachgebende und rutschende Schädelmasse. Ich versuchte verzweifelt in kein Gesicht zu treten, da es mir ungebührlich vorkam. Doch vermeiden ließ es sich bei der schieren Zahl und wahllosen Schüttung zu keinem Zeitpunkt. Ich verlor den Anschluss zu meinem Meister und rannte schließlich ein Stück, um ihn wieder einzuholen. Dabei rutschte und schlidderte ich wie auf einem schlammigen Hang hinab. Mein Fuß geriet bei meiner unaufmerksamen Hektik zwischen zwei Schädel, deren Fleisch und Haut sich begonnen hatte zu verflüssigen. Ich rutschte fast bis zur Hüfte zwischen die stinkenden und verwesenden Schädeltrophäen. Das Rudern mit den Armen wurde von mir augenblicklich eingestellt und meine Hände pressten sich vor meinen Mund um meinen Würgereiz zu unterdrücken. Ich spürte kalten Schleim an meinem Bein herunterlaufen und lange Haare, die auf meiner Haut nass klebten. Mühsam wandte ich mich aus meiner Falle und kämpfte erneut mit meiner Ruhe, da ich zeitweilig noch tiefer drohte einzusinken. Der Kopf eines Mannes mit schwarzem Haar und Bart sah mich mit eitrigen, madenvollen Augen an. Mir schien als würde er mich verspotten für meine Unfähigkeit mich selbst zu befreien. Mein Verstand verlor sich irgendwann in nebulöse Erinnerungen und klarte erst wieder auf, als ich auf allen Vieren auf dem Steinboden des Weges kroch. Mein ganzer Oberkörper und meine Kehle presste ich zusammen um mich nicht zu übergeben. Mit einer fortwischenden Geste meines Meisters, die sich wie Wind auf meiner Haut anfühlte, war der Schleim aus verwesendem Fleisch und Gehirnen wie fortgeweht. Sogar mein nassgesogener Schurz war wieder trocken. Nach meinem anfänglichen Erstaunen verbeugte ich mich tief vor meinem Herrn für diese Geste. Dennoch vermochte die physische Befreiung mich nicht von dem noch immer anhaftenden Gestank der Fäulnis zu befreien.

Als meine Gedanken wieder in etwas geordneten Bahnen verliefen bemerkte ich die Menschen um uns herum. Hunderte Priester und Mönche aller Kulte und Tempel hatten sich auf dem Rundgang um die Pyramide versammelt. Zwischen diesem Heer aus Geistlichen ragten vereinzelt die riesenhaften Silhouetten von Septevaren und Wiedergängern. Mein

Meister sah langsam über die Scharen hinweg und trat seinen Weg durch ihre Mitte an. Augenblicklich wichen die Männer zurück und knieten sich nieder. Ihre Blicke sahen dabei immer wieder nur kurz mit Ehrfurcht, mehr noch mit bleicher Angst zu meinem Herrn hoch, ehe sie ihre Häupter wieder neigten. Septevaren, wie auch die Wiedergänger sanken auf ein Knie herab und hielten ihm die offenen Handflächen erhoben entgegen, während sie die Köpfe zwischen ihren Armen gesenkt hielten. Diese Geste war normalerweise für die Krieger der Salveten üblich, die ihren Dienst einem Septevaren anboten. Hier taten es Septevaren selbst. Meine Haut brannte vor eiskalter Angst. Mein Meister beachtete diese Verehrung seiner Person gar nicht. Er schritt die sich bildende Gasse herab und verließ den Heiligen Bezirk. Unserem Pfad eilten Septevaren vorweg und bereiteten meinem Herrn den Weg. Sie drängten, schlugen oder sogar warfen jedes Hindernis aus seinem Weg, seien das nun ein Karren, Körbe, Lasttiere oder sogar Menschen gewesen. Sogar ein ganzes Haus und einige Mauern rissen diese Gewaltigen mit bloßen

Händen nieder, sodass mein Herr nicht mit einem kleinen Umweg um sie herum gehen musste.

Ich folgte meinem Meister unauffällig an seiner Seite. Er kehrte erneut in das Haus des Torn ein, dessen Gast er immer noch war. Torn empfing meinen Meister nun mit den Ehren eines Königs in seinem noch opulenter geschmückten und ausstaffierten Haus. Scharenweise präsentierten Diener auf unserem Weg die köstlichsten Speisen, Getränke und nie gesehene Schätze. Viele der verschiedenen Gruppierungen aller Stände hatten Geschenke und Kostbarkeiten gesandt, um meinem Herrn zu gefallen oder ihn zu besänftigen. Ich hörte ein Gespräch am Rande unseres Weges. Zwei Blutmeister vom Roten Tempel sprachen darüber, dass sie hofften den Cevarius milde gestimmt zu haben. Denn er sei in seinem ersten Leben für seinen erbarmungslosen Eifer berüchtigt gewesen und werde sicherlich auch heute noch den Zorn Septevarius über die Welt bringen. In dem Innenhof wieder angelangt, wo wir gestern unsere irrsinnige Reise angetreten waren, bat ich unseren Gastgeber darum, doch etwas mehr

Ruhe für meinen Herrn einkehren zu lassen. Dies besorgte er sogleich und sogar ich war froh, als endlich Stille einkehrte.

Nach der Erlaubnis meines Herrn mich zurück ziehen zu dürfen, genoss ich ein ausgiebiges Bad und kleidete mich mit sauberer Kleidung neu ein. Eine wahre Wonne und Wohltat. Doch ruhig konnte mich das nicht stimmen. Ich bemerkte die Angst von den Dienern des Torn. Sie versuchten es sich in meiner Gegenwart nicht anmerken zu lassen, doch sie zitterten schlimmer noch als ich es tat. Ich bemerkte wie selbst noch jetzt mein Körper wie Espenlaub erzitterte, obwohl dieser Wahnsinn vorbei war. Eigentlich sollte ich mit seiner Macht umgehen können, schließlich begleitete ich ihn schon so lange und hatte alle seine Launen bereits erleben müssen. Doch dies war jenseits von allem, was er je von sich hatte entdecken lassen.

Schloss ich meine Augen, so starrten mich erneut die Myriaden leerer Augenhöhlen an. In diesen Momenten überkamen mich auch die vergangenen Bilder mit meinem Herrn. Er hatte eigentlich immer die Köpfe seiner Feinde genommen. Doch es war mir nie in den Sinn gekommen, dass er sie sammelte. Auch hatte er in den Dezennien meiner Dienerschaft nur selten getötet. Daher konnte dies nur bedeuten, dass die Masse der Schädel noch aus der Zeit stammte, bevor ich ihn begleitete. Aus den Geschichten, die man sich erzählt, waren im Großen Krieg vor hundert Jahren ganze Landstriche durch die Septevaren entvölkert worden. Erzählungen zufolge war seinerzeit ein einzelner Blutmeister in der Lage gewesen eine ganze Armee vertilgen zu können. Dies musste durch meinen Herrn nicht nur einmal bewiesen worden sein. Es war als hätte Meister Setech mit dem ersten Schritt auf haeresischen Boden ein anderes Wesen angenommen. Als hätte er eine über sechzig Jahre lang getragene Maske abgelegt und mir sein wahres Gesicht gezeigt. Mit meinen eigenen Augen war ich Zeuge geworden, wie die Grausamkeit eines längst vergangenen Zeitalters mit all seinen Schrecken und Grauen wieder auferstanden war. Für meinen Meister musste es wie ein langer Spaziergang gewesen sein, von dem er nun in sein Haus zurückgekehrt war. Er hatte gezürnt, dass die ihm vertraute Ordnung gestört war und hatte nun begonnen sie wieder herzustellen. Der Geist Septevarius war nach Haeresien zurückgekehrt und mein Herr Setech wurde zu seinem Prophet.

Der Heilung ein Opfer

Man hat mich in den vergangenen Wochen oft und wiederholt gefragt, was dort draußen geschah. Wer die Schuld an dieser alptraumhaften, nekrotischen Landschaft trägt, die mein Haus umgibt. Warum an der mattmilchigen Oberfläche der Gewässer tote Fische zu hunderten schwimmen und warum in den grauen Baumwipfeln tote Vögel hocken. Wie Rehe in ihrem letzten erschrockenen Blick skelettiert und erstarrt dastehen können. Wieso der kleinste Windhauch einen dichten Regen aus vertrocknetem Herbstlaub und Geäst im Sommer niedergehen lassen kann.

Nun, es ist sicherlich einfacher mir als Magier diese Schuld zuzuschieben. Ich kann euch nicht mehr als nur versichern, dass dies durch Magie geschah. Doch es war eine Magie, derer Anwendung ich nicht im Stande war, bin oder es jemals sein werde. Bei den Grauen die sie dabei für den Anwender birgt, würde ich nicht einmal im Traum darüber nachdenken sie zu wirken. An mir findet ihr den falschen Schuldigen. Den Verantwortlichen dieser Tat mag ich euch gerne nennen, denn er bat mich sogar darum. Jedoch warne auch ich euch wiederholt; Lasst ab von diesem wahnsinnigen Irren. Ich nannte ihn bis zu seinem Besuch einen Freund. Man mag mir dies nachsehen. Zur gegeben Zeit werde ich ihn auch wieder einen solchen nennen. Doch nicht weil ich mit ihm gut stehe. Nichts läge mir inzwischen ferner. Nein, ich werde ihn einen Freund nennen, da ich sah welche grauenerregende Magie er wirken kann und viel mehr, wie bereitwillig er ist diese einzusetzen.

Der Wahnsinn begann recht unscheinbar. Ich erhielt vor ungefähr zwei Monaten den Brief von Sethari Kanelinger. Er ist ein Meister vieler Künste und war ein guter Freund und früherer Weggefährte von mir gewesen. Wir hielten in den vergangenen vier Jahrzehnten jedoch nur Briefkontakt und oft auch nur um der Arbeit willen. Nun aber kündigte er in seinem Schreiben sein Kommen für den frühen August an. Er bat mich für einige Zeit der Gast meines Hauses sein zu dürfen, da er mit seinen beiden Kindern auf der Durchreise von Narnburg nach Spehar sein werde.

Tatsächlich steht mein Wohnturm auf einem Ausläufer des Zwillingsgebirges ganz im Südwesten und der Weg nördlich, um das Gebirge herum, wäre also wesentlich kürzer. Doch die Gelegenheit mich nochmal wieder sehen zu können war ihm der Umweg wert und unbedingtes Bedürfnis. Ich war geschmeichelt und schrieb ihm nur die kurze Nachricht, dass ich sein Kommen erwarte.

Ich traf entsprechende Vorbereitungen für meine baldigen Besucher. Meinen Lehrling Ruben ließ ich umgehend die beiden Gästezimmer im Turm herrichten. Da ich nicht über ein drittes Gästezimmer verfügte, ließ ich ihn noch in der Bibliothek ein Bett aufstellen. Ich erhalte nur sehr selten Besuch und oft sind es nicht mehr als zwei Personen. Alles in allem sollte es zwar etwas beengt sein, doch zum Schlafen würde es reichen. Genügend Platz würden wir in dem ausladenderen Unterbau des Turmes finden. Aufgrund des warmen Wetters würden wir uns ohnehin die meiste Zeit auf dem Balkon aufhalten oder abkühlende Spaziergänge im nahen Wald unternehmen.

Mein Turm ist auf einem kleinen Plateau nahe der Berge frei stehend errichtet. Sein Fuß und die ersten vier Etagen sind gegen unerwünschte Eindringlinge aus schweren Findlingen errichtet, die letzten beiden Etagen und das Dachgeschoss sind aus Fachwerk errichtet. Der Turm wird zum Berg hin über einen Holzsteg betreten und reicht in das erste Stockwerk. Bei Gefahr oder einer Bedrohung ließe sich der Holzsteg jederzeit hochziehen. In der Basis befinden sich die Vorratsräume sowie der Weinkeller. Auf den nahen Berghängen befindet sich fruchtbarer Boden und zu meinem eigenen Zeitvertreib und der Tradition in Pelusien folgend, baue ich meinen eigenen Wein an. Im ersten Stockwerk liegen hinter dem Empfangsbereich die Kemenate, die Küche und der Salon mit seinem Essbereich. Darüber ist mein erstes Labor, in dem ich die alchemistischen Lehren verfolge, sowie Tränke und Zauber herstelle. Darauf folgt die dritte Etage mit meinem

Studierzimmer und der Bibliothek. Ebenso befindet sich in diesem Stockwerk ein rundum laufender Balkon, der zum Verweilen und Ausruhen von mir gerne in den warmen Sommermonaten genutzt wird. Hiernach kommen schon das zweite Labor und die Werkstatt für alle anderen Experimente und kleineren Arbeiten, die am Turm anfallen. Im fünften Stockwerk befinden sich die Gemächer meines Lehrlings Ruben und mir, sowie zwei Kammern, die als Gästezimmer dienen und diverse Abstellräume. Über den Schlafräumen befindet sich das Panoptikum, mein ganzer Stolz. Eine Sammlung, die ich über Jahrzehnte langsam zusammengetragen und aufgebaut habe. Dort finden sich Naturalien, Artefakte, Antiquitäten und allerlei Exotisches aus ganz Mittreich. Darauf folgt zu guter Letzt der Dachstuhl, den ich vor wenigen Jahren zu einer kleinen Sternwarte ausgebaut habe.

Das Wissen um den baldigen Besuch beflügelte in mir eine beinah vergessene gute Laune und jugendlichen Eifer. Wie ein Schüler das Ende des Unterrichts, so ersehnte ich schon bald die Ankunft des

Freundes. Ruben verstand meine auf ihn wohl schon fast kindisch wirkende Ungeduld nicht. Leider verstand er so vieles nicht.

Ich hatte ihn auf die Bitte seines Vaters, ein sehr guter Freund von mir, bei mir in die Lehre genommen. Auch wenn er mein erster Lehrling ist, habe ich mich stets bemüht ihn in meine Arbeit und die Geheimnisse der Alchemie und Magie einzuführen. Seine anfängliche Begeisterung für seine Ausbildung starb rasch als er merkte, dass meine Arbeit nicht daraus bestand den ganzen Tag irgendwelche Zauber zu wirken, um mir die Hausarbeit und andere lästige Arbeiten abzunehmen. Ich lasse ihn diese Arbeiten erledigen, genau wie ich ihm dabei auch helfe. Er schien oft frustriert zu sein und so ist es allzu oft an mir ihn zur Arbeit und seinen auferlegten Pflichten zu motivieren oder es direkt selbst zu erledigen. Es gab eine Zeit, da begann ich ihn immer mehr zu verachten. Mit seiner unbeholfenen, ungeschickten und ja manchmal sogar einfältigen Art. Allein wenn er durch den Raum getrottet kam und für alle Arbeit und Hilfe von mir gerufen und immer wieder aufs Neue angewiesen werden musste. Schickte ich ihn auf einen Botengang in den Vorratsraum, so kam er oft mit dem Falschen oder mit gar nichts wieder. Als hätte er es bereits beim Verlassen des Raumes vergessen. Sein stetes Stöhnen und Jammern reizte mich zuweilen bis aufs Blut. Inzwischen aber habe ich mich mit seiner Art abgefunden und lache innerlich darüber oder überhöre seine Attitüde. Erst wenn Kollegen oder Freunde zu Gast bei mir sind, wird mir sein obskures Verhalten wieder ins Bewusstsein gerufen. Dabei muss ich mir oft die Frage gefallen lassen, warum ich ihn nicht zum Teufel jage. Nachdem seine Eltern bedauerlicherweise vor zwei Wintern dem Kalten Tod anheimgefallen sind, kann ich es einfach nicht übers Herz bringen ihn fort zu schicken.

Nach einem Monat war es endlich soweit und die Glocke der Eingangstür tat mit ihrem kurzen, gellenden Klang einen Besucher vor der Tür kund. Ich saß gerade in meinem alchemistischen Labor und löschte rasch den Ölbrenner meiner Versuchsreihe. Auf dem Weg in die kleine Empfangshalle lag mir eine beinah flatterhafte Vorfreude inne. Ich öffnete und fand meinen Freund Sethari, sowie einen jungen Mann und eine junge Frau bei ihm. Die beiden standen ein gutes Stück hinter Sethari und hatten die Köpfe noch in den Nacken liegen. Sie bewunderten wohl meinen Turm in seiner Bauart. Die wohlbekannten eisengrauen Augen meines Freundes funkelten mich in ihrem umrahmten Lächeln an. Ich stockte erst, war ich doch erstaunt wie das Alter meinen Freund wohlgesonnen war. Er wirkte zwanzig Jahre jünger, obschon wir nur wenige Jahre auseinander lagen. Wir fielen einander wie ein altes Ehepaar in die Arme. Während Ruben und die beiden Begleiter von Sethari langsam näher traten. Er stellte mir Anubis vor, ein junger Mann von vielleicht siebzehn Jahren mit dunklen Augen und braunschwarzem Haar. Er trug ein helles Hemd und mehrere Gürtel an denen Messer, Beutel und Taschen befestigt waren. Die junge Dame mit goldrotem Haar stellte er mir als Lunae vor, sie trug ein schlichtes helles Kleid aus Leinen. Mir war fast entfallen ihnen Ruben vorzustellen, da sich dieser wieder nur bedeckt im Hintergrund hielt und wie so oft in seiner unbedarften Art keinen Ton herausbrachte.

Ich bat die drei hinein und stellte ihnen ihre Zimmer zur Verfügung, sodass sie sich von der Reise erholen und frisch machen konnten. Das Wetter war in diesen Tagen schon ungemütlich heiß geworden und so war mein Wohnturm durch die massiven Steinwänden mit seiner angenehmen Kühle für alle eine Wohltat. Ich führte meine Gäste hinauf und wies ihnen die beiden Gästezimmer und die Schlafstatt in der Bibliothek zu. Für mich nun doch etwas überraschend beabsichtigten die Geschwister sich eines der Gästezimmer zu teilen, sodass Sethari das andere Zimmer erhielt. Mir kam das etwas komisch vor, doch wollte ich im Augenblick nichts sagen.

Nach einer halben Stunde konnte ich Sethari auf dem oberen Erker wieder begrüßen. Es war früher Nachmittag und die gedeckte Tafel hatte ich überdies in den Schatten des Turmes platziert, sodass es sich hier ganz passabel aushalten ließ. Hier und da blies ein frisches Lüftchen mit dem harzigen, balsamischen Duft der Tannenwälder von den nahen

Berghängen. Sethari hatte die schwere Kluft abgelegt und trat in einem schwarzen, luftigen Hemd zu mir ins Freie. Er hatte in all den Jahren seinen düsteren, aber eleganten Kleidungsstil beibehalten. Über dem Hemd trug er eine dunkelgraue Weste aus Brokat. Seine Unterarme waren bis zu den Ellbogen mit Bändern mit silbernen Runen umwickelt. Mein Freund trat beschwingt an mich heran und hob mit jeder Hand um die Hälse umfasst je zwei Weinflaschen in meinen Blick

«Ein feuchtfröhlicher Gruß aus dem beschaulichen Narnburg», sprach er galant und ich half ihm die Flaschen abzustellen. Ich war selten in Narnburg, was eigentlich eine Schande war. Denn wenn die Königsstadt von Pelusien für eines weithin berühmt war, so waren es ihre wunderbaren und erlesenen Weine. Er berichtete eine Auswahl an verschiedenen Sommerweinen mitgebracht zu haben und das eine oder andere Schätzchen als Geschenk, das er mir später überreichen wolle. Wir fachsimpelten eine Weile über Weine und welche uns die Liebsten waren. Als nun auch die beiden Geschwister ihren Weg zu uns fanden. Lunae war sofort von dem atemberaubenden Ausblick vereinnahmt und ging an der Brüstung entlang. Sie tauchte mit einem Strahlen im Gesicht auf der anderen Seite des rundumlaufenden Balkons wieder auf. Ich sah das Funkeln in ihren kastanienbraunen Augen und konnte gar nicht anders sie an die Hand zu nehmen und ihr alles zu erklären, was es von hier oben aus zu sehen gab. Sie stellte viele Fragen, die ich ihr alle beantwortete. Sie genoss den Ausblick auf den Roten Wald, dessen Namen von der Vielzahl an Rotrinden-Tannen herrührte, die den größten Teil der Berghänge erobert hielten. Wie der Name schon sagt, lässt ihr recht spärliches Nadelkleid die rötliche Rinde wunderbar im Sonnenlicht durchscheinen. Der untere Bereich des Waldes, beginnend auf der Höhe meines Turmes war vornehmlich von üppigen, dichten Grün der Laubbäume geprägt. Von hier oben konnte ich ihr aufgrund der klaren Luft sogar die goldene Kirchturmspitze von Narnburg zeigen, die in der Ferne immer wieder kurz aufblitzte. Sethari und Anubis waren uns ebenso gefolgt, behielten aber etwas Abstand zu uns beiden. Wir setzten uns schließlich. Bei Kuchen und dem mitgebrachten Wein berichtete mir Sethari den Grund seiner Reise.

«Der Anlass unserer Reise nach Spehar ist die Heirat meiner beiden Kinder. Ich habe noch gute Kontakte zu dem dortigen Bischof Selch und er bot an ihre Trauung zu vollziehen.» Meiner Miene musste es deutlich anzusehen sein, denn er warf direkt nach «Keine Sorge, die beiden sind keine Blutsverwandten. Anubis fand ich dem Tode nahe in den Wäldern von Konqorte. Seine Familie wurde wegen seiner Animalität angegriffen und getötet. Die Eltern von Lunae wurden von einem irren Magier getötet. Sie selbst kam zwar kurzweilig bei ihren Verwandten in Arka unter, wurde aber früh ebenso aufgrund ihrer Animalität verstoßen, sodass sie in den Abwasserkanälen von Arka hauste. Ich holte beide aus ihrer Not und Elend und habe beide schlussendlich adoptiert.» Er hob mahnend den Finger zur Achtung «Dennoch betrachte ich beide als mein eigenes Fleisch und Blut. Sie begleiten mich jetzt inzwischen bald», er sah prüfend zu den beiden «Ich weiß es gar

nicht mehr genau, zweieinhalb Jahre?» Anubis nickte ihm zu «Was soll ich dir sagen. Die beiden haben
sich nachdem sie sich kennen gelernt haben nach
einiger Zeit angefreundet. Über mehrere Monate des
schüchternen Anbandelns haben sie sich im Herbst
des vergangenen Jahres schließlich verlobt. Jetzt im
Spätsommer wollen wir Hochzeit feiern. Darum
nehme ich sie nun mit auf meinen Reisen. Später
suchen wir einen schönen Flecken Erde, wo sie sich
ihr Leben aufbauen können.»

Ich beobachtete das Pärchen, während Lunae bei
den Worten ihren Kuchen nicht mehr anrührten und
etwas verlegen vor sich hinsah, aß Anubis in Ruhe
weiter. Er sah sich indes den prächtigen Ausblick an.

«Das ist eigentlich schon schade», begann ich
«Aus deinem Brief her habe ich wirklich gedacht, es
wären deine eigenen Kinder. Du hast also auch nie
eine Frau gefunden?» Sethari öffnete eine zweite
Weinflasche und sah mich prüfend an. Er dachte
über seine nächsten Worte nach

«Nun, um etwas zu finden musst du erst einmal
danach suchen», stellte er fest «Ich habe mir nie die

Zeit für so etwas genommen. Für mich stand irgendwie immer meine Arbeit an erster Stelle. Dir ist es wahrscheinlich ähnlich ergangen, oder?» Ich stimmte ihm darin zu. Dennoch verstanden wir uns darin perfekt, als ich ihm mein Leid mit meinem sozusagen Ziehkind in Gestalt von Ruben andeutete. Der saß nur träumend da und hatte inzwischen sein drittes Stück Kuchen auf dem Teller. Nach dem Bericht über die Animalität unserer Gäste, beide verbargen sie noch unter einem losen Kopftuch und bei dem Mädchen war es eine schlichte Haube, war Ruben jedoch in ein Starren auf die beiden Animali verfallen. Ich bemerkte diese Unhöflichkeit und stieß ihn daher mit dem Ellbogen an und gemahnte ihn unsere Gäste nicht so anzustarren. Als die beiden nun wussten, dass unsererseits keine Anfeindungen zu erwarten waren, nahmen sie die Kopfbedeckungen herunter und lüfteten ihre Häupter. Der Junge besaß Wolfsohren, das Mädchen Fuchsohren. Ich ermahnte Ruben erneut als er wieder in sein Starren verfiel.

«Animali sind vollkommen normale Menschen, die lediglich die Ohren und Schwanz eines Tieres besitzen. Woher sie kommen weiß niemand so genau. Sie tauchten als Phänomen einige Jahre nach Beginn des Zeitalters des Friedens auf Mittreich auf und verbreiteten sich daraufhin immer weiter. Dabei spielte es keine Rolle, ob die Eltern beide oder zum Teil Animali waren. Selbst bei Menschen, die in ihrer Blutlinie keine Animali hatten, konnte es zuweilen vorkommen, dass das Kind ein Animali wurde. Als Anderlinge waren sie nicht gern gesehen und so waren sie oft Hohn und Spott und leider Gottes auch Schlimmeres ausgesetzt. In manchen Regionen wurde Hexerei und der Einfluss von Teufeln oder Dämonen mit ihrer Geburt assoziiert», erklärte Sethari meinem Lehrling und gab ihm unterschwellig einen Tadel auf sein ungebührliches Starren. Ruben sah ihn daraufhin zwar an, schien diesen Wink aber nicht wirklich verstanden zu haben. Irgendwie beruhigte es mich, dass er nicht nur meine Worte nicht verstand, sondern auch die meines Freundes. Dieser hielt Ruben mit strenger Miene fixiert und brachte so zumindest ein gewisses Unbehagen in ihn und ließ ihn seinen Augenmerk auf seinen Teller sinken. Sethari sprach nun beruhigter weiter «Ich persönlich habe das immer für ausgegorenen Unsinn gehalten, wenngleich auch ich keine Erklärung für ihr Erscheinen habe.»

Über den Nachmittag und Abend sprachen wir über die gute alte Zeit, die wir gemeinsam teilten. Lunae bat ihren Vater zu berichten, wie wir uns kennengelernt hatten. Sethari berichtete nur kurz und knapp

«Wir haben uns vor 41 Jahren im Krieg zwischen den beiden Königreichen Jaduska und Kolaqien kennen gelernt. Wir waren beide Heiler in der Armee des Königshauses von Kolaquien.» Er wollte es dabei belassen, doch ich befand diese Auskunft für zu bescheiden, gemessen seiner Taten. Also ergänzte ich ihn

«Das ist aber sehr gelinde gesagt», stellte ich fest und wandte mich der jungen Frau zu, die mich mit ihren großen kastanienbraunen Augen interessiert ansah «Wir lernten uns tatsächlich im Krieg in

Jaduska kennen, das stimmt. Die Königshäuser von Jaduska und Kolaqien hatten einen Streit um das Braendland vom Zaun gebrochen als dort eine reiche Silberader entdeckt wurde. Ich arbeitete seinerzeit im Feldlazarett, weit hinter den Linien. Es war eine knochenharte Arbeit, im wahrsten Sinne. Der Krieg dauerte bereits fünf Monaten in Jaduska und wurde nun nach Kolaqien getragen. Doch so richtig nahmen wir aber erst bei der Belagerung der Festung von Goelin Notiz voneinander. Ich erinnere mich noch sehr genau. Wir belagerten die besagte Festung. Die schwer befestigte Brücke war kaum einzunehmen. Sie setzten zwei turmmontierte Katapulte ein und ließen unentwegt Felsbrocken auf unsere Stellungen regnen. Bis die Festung endgültig gestürmt war, habe ich an sieben Tagen beinah dreihundert Amputationen von zertrümmerten Gliedmaßen durchgeführt. Mein Werkzeug wurde von zwei Lagerschmieden beinah stündlich geschärft und ausgebessert. Einfache Brüche wurden geschient und ebenso durch Magie geheilt - Aber ich wollte dir von deinem Vater berichten. Ich muss gestehen, ich war seinerzeit schon etwas neidisch auf ihn. Sethari tat seinen Dienst an der direkten Front, wie ich oft von den verletzten Soldaten bei mir hörte. Er unterstützte eine kleine Elitegruppe, deren Wunden er zwischen den Kämpfen heilte. Er war direkt dabei, als die Soldaten eines der Katapulte zerstörte.» Ich sog kurz an meiner Pfeife und schwelgte für einen Moment in diesen beinah vergessenen Erinnerungen «Er hat mir sogar das Leben gerettet! Da unsere Armee über magische Heiler verfügte und so schneller wieder die Soldaten zurück in den Kampf schicken konnten, wurde ich Ziel eines Attentats. Sie wollten mich ausschalten, um die Zahl der verwundeten und kampfunfähigen Soldaten zu erhöhen. Hierfür tarnten sie einen der Ihren in den Farben unserer Armee und täuschten seine Verwundung vor. Ein genialer Schachzug, jedoch war Sethari zur rechten Zeit am rechten Ort.» Er unterbrach mich, um meinen überschwänglichen Bericht etwas abzudämpfen.

«Ich begleitete zu diesem Zeitpunkt den Kronprinzen bei der Inspektion der Verwundeten und war daher zufällig am Ort des Geschehens.» Ich setzte meinen Bericht unbeeindruckt von seinem Versuch fort.

«Ich selbst bekam von dem Attentat auf mich nicht viel mit. Aus späteren Berichten und Erzählungen erfuhr ich, dass der Attentäter von seinem Lager aufsprang und mich mit unzähligen Dolchstößen in Hals und Brust niederstreckte. Sethari sprang zu mir und überwältigte den Angreifer in wenigen Augenblicken. Während seines Kampfes schon heilte er meine tödlichen Wunden zur gleichen Zeit und rettete so mein Leben.» Die Erzählung machte großen Eindruck auf Lunae und Ruben, allein Anubis nahm den Bericht recht gelassen auf.

Wir saßen bis in die späte Nacht zusammen. Der langsam wieder abnehmende Mond spendete uns bei dieser wolkenlosen Nacht Licht. Wir saßen in seinem fahlen, silbernen Schein. Nur einige wenige Öllampen erhellten unsere Gesichter. Ich war mit Sethari inzwischen alleine, die anderen hatten sich alle zu Bett verabschiedet. Wir unterhielten uns über unsere Zeit nach dem Krieg bis schon fast der Morgen graute. Während mir inzwischen auch langsam die Augen zufielen, saß Sethari immer noch putzmunter in seinem Stuhl und lauschte meinen Worten mit dem milden Lächeln, das er den ganzen Tag schon trug.

Ich gähnte und fragte ihn «Wie kannst du nur immer noch so wach sein? Mir sind die Augen schon schwer und du sitzt da als seist du gerade erst aufgewacht?» Er zeigte mir seine Unterarme, die im schwindenden Mondlicht silbrig glitzerten.

«Siehst du diese Siegelbänder? Ihnen obliegt unter anderem die Möglichkeit mir jedes Bedürfnis und die Notwendigkeit von Essen, Trinken und Schlaf zu nehmen. Ich habe mir dadurch mehr Zeit für meine Studien und Arbeit erkauft.» Nach seinem Bericht war ich wieder hellwach. Mir war nicht bekannt, dass so etwas möglich sei. Doch sollte es dies sein, so war ich sicher, würde es einzig Sethari gelingen. Auch zeigte es mir wieder deutlich seinen erschreckend nüchternen und vor allem bedingungslosen, jeder Norm entsagenden Pragmatismus. Er begleitete mich schließlich hinein und zu meiner eigenen

Kammer, während ich mich schlafen legte, wollte er nochmal in meiner Bibliothek bis zum Frühstück stöbern. Ich ließ ihn gewähren und legte mich ins Bett. Von dem vielen Wein, den ich nicht gewohnt war in so solchen Mengen zu trinken, war ich sofort eingeschlafen.

In der folgenden Woche setzten wir unsere oft den ganzen Tag vereinnahmenden Gespräche fort. Wir unterhielten uns auch zu Versuchsreihen von mir, wobei Sethari mir sehr hilfreiche und neue Ansätze zu meinen Problemstellungen anbieten konnte. War seine Hilfe noch so gut gemeint, mir rief sie jedoch mein Alter ins Gedächtnis. Ich führte an jenem Tag bei einem gemeinsamen Spaziergang durch den nahegelegenen Rotrinden-Tannenwald mit ihm ein tiefsinniges Gespräch darüber, wie die jüngeren Magier unsere Leistungen von damals geradezu mühelos aufnahmen, neu verknüpften und verbesserten. Ich fühlte mich in dem Moment wirklich überflüssig und nutzlos. Sethari sah das jedoch vollkommen anders.

«Die Leistungen, die jüngere Magier heute erbringen sind zwei Teile zu verbinden, die für sie als oberflächlicher Betrachter zusammengehören. Wir Alten jedoch, wir sind es gewesen, die diese Teile erst geschaffen haben. Ohne unsere mühsame Vorarbeit, ohne unsere Triumphe und ja auch ohne unsere Fehlschläge gäbe es heute keine Teile für ein Puzzle zum Zusammensetzen. Diese jungen Gelehrten greifen bestehendes Wissen auf und verändern es – ja meinetwegen verbessern sie es auch. Mehr jedoch nicht. Sie schaffen nichts Neues! Sie finden kein neues Element oder magische Strömungen. Sie entwickeln keine neuen alchemistischen Verfahren und erarbeiten auch keine neuen Zauber. Sie verbringen kein Leben damit etwas zu Erschaffen. Für sie zählt nur der rasche, schnelle Erfolg. Ähnliches Verhalten siehst du doch selbst an Ruben. Er will nur die Vorzüge, nicht aber die Arbeit an der Alchemie oder Magie. Diese Generation ist dabei sogar sehr gefährlich. Sie geht den Dingen nicht mehr erschöpfend auf den Grund. Sie nimmt bestehende Erkenntnisse und experimentiert einfach aufs Geratewohl. Bevor einer von uns beiden je auch nur einen Funken Magie wirkte, hatten wir mindestens schon Monate damit zugebracht diesen einen Funken zu studieren und zu ergründen. Was er bewirkt, was er erschafft und in welcher Korrelation er zum großen Ganzen steht. Nicht ohne Grund stehen heute ganze Bücherregale voll mit Berichten und Erzählungen über magische Missgeschicke in der Magiehochburg Solaia und den Hohen Schulen. Zu unserer Zeit hat es so etwas ganz sicher nicht gegeben. Es wäre ein Fauxpas sondergleichen gewesen darüber öffentlich zu sprechen. Schüler wie Meister hatten sich in Grund und Boden geschämt und alles daran gesetzt, dass so ein Missgeschick nicht wieder vorkommt. Doch die Zeiten ändern sich nun einmal.« Seine so ruhig gesprochenen Worte ließen meinen Zweifel verwehen und füllten mich mit Stolz auf mein Lebenswerk. Ich wünschte in dem Moment Ruben hätte auch nur die Hälfte davon gehört und davon allein die Hälfte nochmal verinnerlicht. Er nervte mich tatsächlich nur allzu oft mit seiner Ungeduld zu den langsamen Fortschritten unserer Arbeit.

Sethari dagegen war, trotz seiner ruhigen und äußerlich absolut gelassenen Art, ein wahrhaft ruheloser Geist. Seit ich ihn kenne war er schon immer auf der Suche nach neuem Wissen. Er bewegte sich dabei schon damals außerhalb dem Denken und Handeln der Menschen. Manchmal kam er mir vor wie jemand der jenseits den Gefügen der Welt stand. Er sprach ganz offen darüber, dass er bei aller Verfeinerung und Verbesserung immer noch die alten, kaum noch benutzten arkanen Magien bevorzugte. Er philosophierte eine gute Weile darüber, dass sie für ihn eine so immense Reinheit besaßen, pur, echt und auch ehrlicher waren, als alle heutigen Zauber. Ich belehrte ihn darüber, dass diese Urformen der Magie durch den Ersten Mittreicher Kongress verboten und im Zweiten Mittreicher Kongress unter allen Reichen als Verbrechen weithin akzeptiert wurden. Sethari war das natürlich auch bewusst und er verurteilte eine gedankenlose Anwendung. Er vertrat in der gleichen Selbstverständlichkeit die Anwendung diese archaischste aller Magien nach dem Grundsatz des letzten Mittels. Auch lehnte er bestimmte Zweige des Magica Arcanum ab. Die Systematik in der alle Zauber der arkanen Magie nach ihrer Wirkungsweise erstmals durch Erzmagier Erlstab eingruppiert und sortiert wurden. So sah Sethari keinen Nutzen in der Beschwörung von Dämonen oder anderer Wesen aus der Unterwelt, dem Wettermachen mit seinen starken Störungen im Fluss der natürlichen Magie und das Maleficum in jeder Form des Schadenszaubers lehnte er ebenso ab. Diese ohne weiteres als grobschlächtig zu bezeichnenden Eingriffe in die feinen und zerbrechlichen Bahnen der Magie, die alles durchströmten, hatten die Welt schon zu lange misshandelt und in Ungleichgewicht geworfen. Mir sollte erst später klar werden, dass er diese abgelehnten arkanen Magieanwendungen nicht exemplarisch, sondern aufzählend benannt hatte.

Während wir weiter über Politik, Weltgeschehen und den neusten Theorien und Praktiken aus der Magiehochburg Solaia fachsimpelten, genossen Anubis und Lunae die Annehmlichkeiten meines Wohnturmes. Am frühen Abend, noch vor dem

Essen, spielte ich gerne auf meiner Laute. Sethari nahm sich eine meiner Geigen und wir stimmten ein fröhliches Tanzlied an. Die beiden Verlobten tanzten dazu ausgelassen. Ruben dagegen war in diesen Momenten selten anwesend. Mir schien als könne er dem Glück der Beiden und meiner guten Stimmung nichts abgewinnen. Die meiste Zeit beobachtete er das Geschehen nur missmutig am Rande.

Die beiden Animali durchstreiften die kühlen Wälder und erkundeten die Umgebung meines Turmes. Dabei war es meistens Lunae, die von ihren Ausflügen berichtete. Anubis ergänzte sie nur manchmal und hörte ihr scheinbar lieber bei ihren Erzählungen zu. Ich war dankbar darüber, dass die beiden Ruben oft überreden konnten sie zu begleiten. Meinem blasshäutigen Lehrling schien das gar nicht zu gefallen, konnte den freundlichen Worten des Mädchens aber nichts entgegen halten. Mir war das nur Recht. Ihn alleine mit allen meiner magischen Utensilien im Turm zu lassen wäre sicherlich ein ganzes Kapitel neuer magischer Missgeschicke wert gewesen.

Das Paar hielt sich meines Wissens weitgehend in ihrer jungen Liebe zurück, doch bemerkte ich die neidischen Blicke von Ruben auf die Beiden. Fast tat er mir dabei ein wenig leid. Ich hatte schon des Öfteren überlegt ihn zu ermutigen doch lieber eine Familie zu gründen, da ihm weder die Magie, noch die Alchemie besonders lag. Doch verwarf ich diese Gedanken genauso rasch wieder, wie er mir gekommen waren.

Sethari war es nicht entgangen, wie zwischen Anubis und Ruben ein gewisses Wetteifern entbrannt war, wer denn der mächtigere Meister von uns beiden sei. Im Gegensatz zu mir zeichnete Sethari eine Engelsgeduld in dieser Angelegenheit aus. Entweder war es ihm gleichgültig, was die beiden jungen Männer vorbrachten, oder er genoss den Lobgesang auf sich und ließ sich nichts anmerken. Letzteres hätte mich jedoch wirklich an ihm überrascht. An einem Vormittag wurde es mir schließlich zu bunt und ich maßregelte die jungen Männer aufs Strengste. Ich erklärte, dass beiden nicht zu Urteilen zustünde. Jeder von uns sei in seiner Professur der

Bessere und dies setze ein immerwährendes Lernen und Studium voraus. Niemand erreiche Perfektion, der sich auf vergangene Arbeit ausruhe. Die beiden jungen Männer sahen mich überrascht an. Zugegeben, mein Auftritt kam selbst mir im Nachgang sehr ungehalten vor. Sethari hingegen amüsierte das alles nur und er beruhigte mich später, ich solle der Jugend ihre Hitze verzeihen. Ich erklärte ihm in meiner noch nicht ganz abgeklungenen Wut, dass ich nicht dauernd daran erinnert werden wollte der unterlegene Heiler von uns zu sein. Sethari wies dies jedoch zurück. Das Wirken von Heilmagie sei für ihn nur eine seiner Künste. In dem Aspekt sehe er mich für den besseren Heiler an. Seine Fähigkeiten umfassen ein sehr weites Feld verschiedenster Fachdisziplinen, deren Schwerpunkte sehr individuell verteilt lägen. Weiter ging er darauf nicht ein. Sethari ließ das Thema auf sich beruhen und lenkte meine Aufmerksamkeit mit weiteren Gastgeschenken ab. Ich merkte sofort, dass er sein plötzliches Erinnern an weiteren Büchern, die er mir mitgebracht hatte nur aufgespielt waren. Da mir das Thema selbst auch zuwider war, ließ ich mich auf diese plumpe Ablenkung ein. Er überreichte mir aus seinem magischen Beutel einige neue Bücher, deren Tinte noch gar nicht getrocknet sei, um es mit seinen Worten zu sagen. Weiter überreichte er mir allerlei Ingredienzien, magischen und nichtmagischen Elementen, Stoffen und Gegenständen für meine Sammlung und Studium. Er konnte mich tatsächlich damit milde stimmen, wenngleich meine Stimmung erst spät am Abend besser wurde.

Wir saßen unten in der Kemenate und ich klagte ihm mein Leid mit Ruben, der das eigentliche Problem an diesem harmlosen Wetteifern war. Während Sethari wie schon oft sacht eine meiner Geigen spielte, berichtete ich ihm von den vielen Patzern und Missgeschicken des Jungen. Sein geradezu stoisches Desinteresse und oft auch trotzige Reaktion auf meine begründeten Schelten und gutgemeinten Ratschlägen. Es tat mir gut mir meinen Frust einmal von der Seele zu reden und hatte mich auch darüber wieder beruhigen können. Etwas amüsiert berichtete ich davon, wie Ruben einmal die obere Hälfte des

Turms beinah gesprengt hatte und mir auch die Bibliothek in Brand gesteckt hatte. Sicher, damals war ich fuchsteufelswild. Doch bestimmte schlimme Dinge verlieren über die Jahre ihren Schrecken oder den Ärger, den man an ihnen empfand. Wir scherzten darüber wie Ruben irgendwann zu dem zweifelhaften Ruhm kommen wird und seinen eigenen Regalboden in der Bibliothek der magischen Missgeschicke erhalten werde.

Die Stimmung kippte jedoch plötzlich als Sethari sich mit schmerzverzerrtem Gesicht an seine Brust krallte. Er ließ sogleich die Geige auf einen Sessel fallen und griff an eine der Ketten um seinen Hals. An der Kette hing ein Amulett. Er hielt es an der Fassung da von dem weißglühenden Stein eine enorme Hitze abstrahlte, die ihm Momente zuvor das Fleisch zum Dampfen gebracht hatte. Mit einem einfachen Fingerstreich ließ er das heißglühende Amulett erkalten. Ungläubig starrte er mich an und sprang nun wie vom Teufel selbst gejagt zur großen Wendeltreppe, die den Turm hinauf führte. In wenigen Sprüngen war er die Stufen hinauf und um die

Windung der Treppe verschwunden. Ich eilte ihm nach, in Sorge es sei etwas geschehen. – Wie recht ich damit doch haben sollte.

Ich erreichte den Treppensims zu den Gästezimmern und war kaum zu Atem gekommen, als mich ungekannte Schmerzen überkamen. Sterne schienen vor meinen Augen zu explodieren und in tiefe Dunkelheit zu stürzen. Kalter Schweiß brach mir am ganzen Körper aus, so als würde meine Haut mit nackter, kalter Angst selbst bestrichen werden. Im nächsten Moment wurde mir so unsagbar übel von dem allgegenwärtigen Brennen in meinem Fleisch und ich knallte vor Schwindel gegen die Wand des Treppenaufgangs. Ich meinte ein raues Flüstern zu hören, das sich tief in meinen Verstand bohrte. Als würde jemand mit einer groben Feile meinen blanken Schädel langsam abtragen. Gleichzeitig überkam mich das Gefühl, dass meine Organe platzen wollten. Eine unheilige Kraft zog und zerrte an meinem Fleisch und meiner Seele selbst. Ich weiß noch wie sich die Holzdielen meinem Gesicht schnell näherten oder war es umgekehrt? Eine letzte Sternenexplosion vor meinen Augen und alles um mich herum versank in einer ungekannten Finsternis. Mein Bewusstsein und die Schmerzen glitten in eine gnadenvolle Ohnmacht.

Das nächste woran ich mich erinnerte war das Gesicht von Ruben, der mit besorgter Miene über mich gebeugt stand. Er hatte mich hinab auf das Sofa der Kemenate geschleppt. Er zeigte sich ebenso entsetzt von den dramatischen Ereignissen der Nacht, an die ich mich erst später durch die ungezählten Alpträume zu erinnern vermochte. Ruben berichtete mir, dass er Schreie auf dem Flur gehört habe und Türen schlagen. Er war schnell in seine Hose geschlüpft um nicht blank auf den Flur zu treten. In der Dunkelheit gelang ihm dies jedoch nicht so rasch wie er gerne wollte und ehe er die Tür erreichte überkam ihn eine Angst, wie er sie noch nie erlebt hatte. Es hatte ihn unvorstellbare Mühen gekostet überhaupt die Hand an die Türklinke seines Zimmers zu legen. Im Morgengrauen erst schaffte er seine Instinkte zu überwältigen und hinaus auf den Flur zu treten. Dort fand er mich schließlich und brachte mich hinab. Ich fragte ihn nach unseren Gästen, doch er habe sich noch nicht wieder hinauf gewagt.

Ich sammelte meine Sinne und Mut und wir erklommen gemeinsam die Treppe, wobei Ruben immer langsamer wurde und sich mit jeder Stufe der Abstand zwischen uns vergrößerte. Oben auf dem Treppensims ruhte ein schwarzes Ding. Ich wurde ebenso langsamer. Ein Paar purpurfarbender Augen glühten plötzlich in dem schwarzen Rauch auf und eine wolfsgleiche Gestalt erhob sich. Knurrend und zähnefletschend drohte uns diese dämonische Wolfsbestie. Seine weißen dolchartigen Zähne blitzten uns bedrohlich aus dem ansonsten wabernden Rauch an. Wir zogen uns eilig wieder an den Fuß der Treppe zurück. Ich bemerkte während unseres geordneten Rückzuges einen Brandgeruch und war im höchsten Maße alarmiert. Nachdem ich mich vergewissert hatte, dass das Untier uns nicht nachstellte, eilte ich hinunter auf den Balkon. Ich warf mich an die Brüstung und riss meinen Blick in die Höhe. Atemlos eilte ich um den Turm herum, meine

Hand fest an der rundlaufenden Brüstung fixiert. Ich suchte fieberhaft nach Anzeichen eines Brandes. Ich konnte jedoch weder Rauch noch ähnliche Hinweise auf ein Feuer ausmachen. Womöglich bildete ich mir den Brandgeruch auch nur ein oder der schwefelige Geruch ging von dem in pechschwarzen Rauch schwellenden Höllenhund aus. Mein Anflug von Erleichterung wurde jäh von Rubens Zerren an meinem Arm gestört. Er deutete bebend und noch blasser als sonst über die Brüstung.

Ich trat an die Brüstung heran und mir brannte sich im ersten Moment der Gedanke an den Untergang der Welt ins Gehirn ein. Ich musste mich an der Brüstung festklammern, da mir die Knie fast wegsackten. Auf der gesamten Landschaft um den Turm herum war der Grabesschleier des Todes niedergegangen. Ich hätte es fast für eine in die Farben von Herbst oder Winter getünchte Landschaft gehalten, versursacht durch die gerade aufgehende Sonne. Bei jedem Moment, den ich dieses verstörende Bild länger ansah, erinnerte es mich doch mehr und mehr an die Farben von Erde und Grabe. Die Bäume trugen ihr graubraunes Blätterkleid, das bei jedem Windhauch mit einem angstlähmenden Rascheln auf den tristen Boden regnete. Die Tannen im Berg über uns, diese wunderschönen Rotrinden-Tannen, waren dunkelgrau und braun vergangen. Mit einen fürchterlichen Knistern fielen die Myriaden vertrockneter Nadeln zu Boden und kleine Lawinen dieser Nadeln rieselten, vom Wind getragen, den Berg hinab. Mein Magen verkrampfte schmerzhaft bei diesem ungekannten Klang und Anblick. Flora und Fauna waren tot und verdorrt. Ich entdeckte tote und vertrocknete Vögel in einem nahe stehenden Baum. Ihr adrettes und buntes Federkleid war ergraut und wirkte vertrocknet. Mein Blick wanderte weiter und mit jedem, den Tod preisenden Rascheln der weithin erkennbaren Schauern aus totem Blattwerk und dem Nieselregen knisternder Nadeln, entdeckte mein Auge weitere schreckliche Details. So sah ich eine Gruppe Hirsche, erschrocken zum Turm blickend. Die Tiere hatten viel von ihrem Fell verloren und standen aus den letzten Augenblicken ihres Lebens gerissen, für die Ewigkeit mumifiziert da. Die dünne, blasse Haut wirkte wie über das Skelett gespannt, die Augen leer und hohl. Der nahe See reflektierte trotz der steigenden, blutroten Morgensonne kein Licht. Das Wasser wirkte von hier oben aus betrachtet trüb und milchig. Die Oberfläche so unsagbar stumpf und matt, dass sie sich jedem Bezug zu dieser Welt versagte. Hunderte Fischleiber trieben mit den weißen Bäuchen nach oben an diesem stumpfen Wasserspiegel. Viel schlimmer aber noch wirkte diese beängstigende Stille auf mein Empfinden ein, fielen einmal keine Blätter oder Nadeln. Da zuckte ich schon erschrocken zusammen als ein naher Baum morsch und von innen verrottet, mit ersticktem Knarzen in sich zusammenbrach. Zurück blieb einzig dieser fürchterliche Schatten aus erdigem Humus am totbelaubten Boden zurück. Mir rief sich das Bild einer schwarzverkohlten Brandleiche in den Kopf und mehr als das konnte dieser rußschwarze Überrest in meinem Denken in diesem Moment einfach nicht sein.

Ich taumelte von diesem miasmatischen, alptraumartigen Anblick zurück und stürzte. Unterbewusst kroch ich rücklings auf dem Boden ins Innere des Turmes zurück.

Es schien mir als würde Stunden vergehen, da ich erst wieder auch nur einen klaren Gedanken fassen konnte. Ich versuchte zu verstehen und zu begreifen was dieses fürchterliche Weltensterben zur Ursache hatte. Doch mir wollte nichts dazu einfallen. Ganz im Gegenteil erlaubte mir die tief sitzende Erschütterung über diesen nekrotischen Anblick kaum einen klaren Gedanken.

Im Nachmittag schon begegnete mir das nächste Schreckgespenst in Form einer vollkommen in einem schwarzen Talar vermummten Gestalt. Eine gesichtslose Kapuze starrte mich seelenzerstörend an, als dieses Ding plötzlich im Türrahmen stand. Ihre Hüfte war unnatürlich eng geschnürt und hätte ich den Talaren nicht zuvor schon einmal gesehen, so hätte ich den unheiligen hündischen Dämon vor mir vermutet. Doch der Mantel gehörte eindeutig Sethari. Langsam und so schrecklich unbeholfen taumelte die Gestalt wankend und steif auf mich zu. Sie versuchte bei jedem Schritt ihr Gleichgewicht zu wahren, ähnlich einem Seiltänzer in luftiger Höhe. Kam sie auch nur in Teilen ihres Körpers zur Ruhe, so durchfuhr sie ein unstetes Zucken und Zittern. Auf meine vorsichtige Frage bestätigte mir die Gestalt, dass sie Sethari war. Meine Nerven waren in dem Moment so zerrüttet, dass nun tausende Fragen aus mir heraus sprudelten. Er sprach nur wenige Worte, die mich beruhigen sollten. Doch diese vielleicht fünf Sätze ließen neue Schrecken in mir keimen. Denn auch wenn ich seine Stimme wahrnahm, so hatte ich nicht das Gefühl, dass meine Ohren sie hörten. Auch war sie so gar nicht mehr die, die ich von ihm kannte. Die sonst so in erhabener Ruhe artikulierten Worte, deren gewichtige Bedeutung wie ein warmer Sommerregen auf das Gemüt niedergingen, waren zu einem grausigen, windheulenden Raunen verkümmert. Einzelne Worte schrie dieses Flüstern gerade zu, während es wieder andere Worte nur säuselte. Die Betonung war dabei durchweg irreführend, als sei er bemüht in höchster Konzentration eine ruhige Tonlage zu behalten.

Er versagte mir jede Frage zu den Ereignissen der vergangenen Nacht. Auf meine Sorge um Lunae und Anubis, die ich seither nicht mehr gesehen hatte, reagierte er überhaupt nicht. Darauf angesprochen verwehrte er mir auch hier jede Auskunft. Ich wollte ihn auch nicht mehr fragen. Ich war kaum mehr im Stande dieses, den Verstand zersetzende Flüstern in meinem Kopf zu ertragen. Sethari stelzte plötzlich fort und torkelte davon.

Ich zögerte ihm zu folgen. Der Brandgeruch, das höllische Wesen auf der Treppe, die abgestorbene Landschaft und das seltsame Gebaren meines Freundes, das alles versuchte ich zusammen zu bringen. Mir fiel nur die schiefgegangene Beschwörung eines Dämons oder anderen Wesens aus der Unterwelt ein. Dies hätte auch meine Magieempfindsamkeit und den daraus resultierenden Zusammenbruch auf der Treppe erklärt. Jedoch wusste ich aus meinen Büchern, dass so eine Beschwörung Zeit und viel Aufmerksamkeit bedurfte. Sethari war aber immer bei mir gewesen. Seinen Kindern und auch Ruben traute ich so eine Beschwörung nicht zu. Ich ging über diese Gedanken durch den Turm und versuchte neue Anhaltspunkte zu finden. Dabei traf ich immer wieder auf die unbeholfen torkelnde Gestalt von Sethari. Er schien ebenfalls nach etwas zu suchen. Zumindest hatte es den Anschein, da er sich immer wieder zuckend umsah und rastlos wirkte. Ich entschied mich dazu ihm zu folgen. Mein Gefühl verriet mir, dass er mich zu der Lösung dieses ungeklärten Rästels führen würde.

Nachdem wir in allen Räumen und Nischen meines Turms gewesen sind, standen wir in meinem Weinkeller. Hier schien Sethari tatsächlich das Ziel seiner Suche gefunden zu haben. Er war stehen geblieben und starrte in die zwielichtige Dunkelheit des Raumes, während ich im Begriff war umzukehren. Zwischen den hinteren kleinen Holzfässern hörte ich ein leises Geräusch, kaum wahrnehmbar. Ich war nicht sicher was es war. Es hörte sich nach dem Wimmern eines verletzten Tieres an. Sethari war ohne Licht losgestelzt und so brachte allein mein kleiner Lichtzauber eine diffuse Helligkeit. Ich erschrak, als mich plötzlich zwei phosphoreszierende

Augen über dem hintersten Fass grünlich anglühten. War es ein zweiter Dämon? Der nachtschwarze Schemen, zu dem diese Augen gehörten machte einen Sprung in die gegenüberliegende Reihe aus Fässern. Mein Herz hämmerte gegen das Innere meines Brustkorbes. Entsetzen schreckte in mir hoch. Ich wich zurück und klammerte mich an das nächstbeste Fass, da meine Knie mir den Dienst versagten. Sethari blieb ruhig in der Mitte des kleinen, gedrungenen Gewölbes stehen. Er drehte sich nur langsam und schien das Ding mit den Augen zu verfolgen, war es auch nicht in dem schwachen Licht zu sehen. Ich schrie kurz auf, als Setharis Kapuze zu mir blickte und etwas meinen Arm streifte und die Türe hinter mir krachend ins Schloss donnerte. Er hatte die Türe mittels einer Handgeste verschlossen. Mir dämmerte, dass er uns beide mit der teuflischen Kreatur eingeschlossen hatte. Ich dachte sofort an den rasenden Hundedämon auf der Treppe und dass hier nun ein ähnliches Wesen Unterschlupf gefunden hatte. Meine Angst wich mit den folgenden Worten von Sethari und machte doch nur Platz für eine neu aufquellende Sorge

«Lunae», sprach er mit dunkler Stimme «Ich bin gerade nicht in der Verfassung mit dir Fangen oder Verstecken zu spielen. Komm zu mir, mein Kind. Ich werde dir nichts tun. Ich möchte nur mit dir über das reden, was passiert ist.» Seine zuvor so wirre Artikulation war einer weichen und ruhigen Tonlage gewichen, doch auch diese fühlte sich wie ein Kratzen gegen das Innere meiner Schädeldecke an. Er breitete seine Arme offen aus. Diese Geste wirkte in diesem Moment in seiner so düsteren Erhabenheit, dass man eher vor ihm zurückweichen, als näherkommen wollte. «Ich weiß was dich so verstört und geängstigt hat. Warum du dich hier versteckt hast. Doch damit ich dir helfen kann, musst du zuerst mir helfen. Komm zu mir und erzähle mir was geschehen ist. » Die todesdüsternde Kapuze blickte wieder dem leise wimmernden Geräusch zwischen den Fässern nach «Lunae, bitte!» beschwor er ihre Einsicht. Es war für eine Weile still «Soll Meister Elfrad gehen?»

In einem kläglichen «Nein», erklang ihre leise und vom Weinen raue Stimme.

«Dann bitte, komm hervor. Ich bin dir in nichts böse», besänftigte er ihre Sorgen. Danach begann er eine Aufzählung, die ich mein Lebtag nicht mehr vergessen werde; «Holz kann man ersetzen. Daunen kann man ersetzen. Stoff kann man ersetzen.» Er machte eine kurze Pause «Fleisch kann ich ersetzen.» Lunae kam bei seinem letzten Ausruf tatsächlich nach einer Weile zwischen den Fässern hervor. Sie war von tiefschwarzem Ruß bedeckt und stand nackt und zitternd vor ihm. Mehr als zu seinen Füßen traute sie sich nicht aufzusehen. Ich bemühte mich meinen Hausmantel abzulegen, um die junge Frau zu bedecken. Sethari dagegen hatte aus dem Schatten seiner Kluft schon einen Mantel hervorgezogen und reichte Lunae diesen wortlos. Er half ihr in den hellen Mantel zu schlüpfen, der ihre kohleschwarze Erscheinung umso mehr hervorhob. Allein um ihre Augen war der Aschestaub fortgewischt. Sie musste viel geweint haben. Sie zog sich sofort die Kapuze über den Kopf und hielt sie mit den Händen über ihr Gesicht gezogen. Sethari legte sacht einen Arm um sie. Sein Lederhandschuh streichelt ihre Wange und er sprach leise mit ihr, sodass ich es kaum zu verstehen vermochte.

«Woran erinnerst du dich?» Sie versuchte zu antworten, brach aber erneut in bitterliche Tränen aus. Sethari drückt sie an sich und streichelte ihren Kopf. Er sagte kein Wort, doch wiegte er sich sacht mit ihr.

«Ich habe mich mit Anubis schlafen gelegt», begann sie heiser «Es war alles ganz normal, als mitten in der Nacht plötzlich...» ihre Stimme schrillte wieder und sie presste ihre Hände vor ihr Gesicht «Ich wollte das nicht!» schluchzte sie aufgelöst «Ich habe ihn doch geliebt!» Sie presste ihr Gesicht in die Schulter ihres Vaters «Ich habe ihn doch geliebt!» wiederholte sie heiser. Sethari hatte bislang zu ihr heruntergesehen. Nun aber blickte seine finstere Scharade zu mir herüber. Auch wenn ich nichts sehen konnte, so spürte ich eine ungekannte Angst in mir aufsteigen. Umso dankbarer war ich, dass er wieder zu dem Mädchen herabblickte und sie etwas zurück drückte um sie besser anzusehen.

«Ich weiß nicht wie du darauf kommst, dass du Anubis Zuneigung verloren hast», raunte er.

«Aber ich hab ihn doch da liegen sehen!» brachte sie mit leisem Fiepen hervor «Er ist...»

«Nicht tot!» brodelte es urplötzlich aus dem Vater heraus. Ruhiger setzte er nach «Wenn es das ist was dich bekümmert.» Sie lüftete ihre heruntergezogene Kapuze und sah nun das erste Mal hoch in Setharis Gesicht. Ihrem Blick nach zu urteilen suchte sie in der dunklen Kapuze etwas das die Worte ihres Vaters bestätigte. «Lass mir dir von Anubis berichten», sprach er galant, nur um augenblicklich wieder in diese finstere Tonlage zu verfallen. Wie er sprach ließ mich schon schaudern, doch was er nun sagte ließ mir das Blut in den Adern stocken «Dein Liebster friert, da all sein Haar versengt ist. Er spürt nichts mehr, da seine Haut verdampfte. Er ist gelähmt, da sein Fleisch bis zum Knochen verkohlte. Er sieht nichts mehr, da seine Augäpfel in ihren Höhlen gekocht wurden. Er riecht und schmeckt nichts mehr und das Atmen ist ihm fast unmöglich, da sein Inneres bis in seine Lunge hinein verbrannt ist.» Sethari schwieg kurz und blickte in die weit aufgerissenen, schneeweißen Augen von Lunae. Trotz der Dunkelheit sah ich, wie ihr ganzer Körper bebte und ihr Gesicht sich zu einer angsterfüllten Miene verzog.

«Doch ich habe all das wieder rückgängig machen können», erklärte er ihr und fügte rasch an «Nur eines konnte ich nicht.» Er schwieg kurz «Ich konnte ihm nicht erklären warum das passiert ist. Ob er etwas falsch gemacht hat oder was Schuld an diesem Ereignis hatte.»

«Ich wollte ihn nicht verbrennen, da waren wieder diese...», schrie Lunae panisch und ihre Stimme versagte ihr erneut den Dienst. Sie wurde wieder weinerlicher «Ich wollte ihn nicht verletzen! Ich liebe ihn doch! Aber jetzt muss er mich fürchten und hassen.» Bevor Lunae sich gänzlich in ihrer Trauer zurückziehen konnte, sprach Sethari sie laut an und machte einen Schritt auf sie zu.

«Lunae!» dröhnte seine Stimme durch den Keller und wurde von dem Gewölbe in einem leisen Echo zurückgeworfen «Auch dies lass mich dir berichten: Ich fand Anubis in dem gerade angesprochenem Zustand vor. Er lag in der Asche seines Fleisches. Was von seinem Körper übrig war, das versagte ihm den Gehorsam. Er brachte nur noch einen einzigen Satz heraus als er wusste, dass ich bei ihm war;» er sprach langsamer, sodass das tosendes Raunen wieder angenehmer zu hören war «Kümmere dich erst um Lunae.» Das Mädchen brach nun vollkommen zusammen und sogar ich konnte meine entsetzte Trauer über solche selbstlosen Worte nicht länger unterdrücken. Ich versuchte dabei kein Geräusch zu erzeugen, dass Vater und Tochter in ihrer stillen Zweisamkeit störte.

Sethari wandert schwankend an eines der Fässer, legte eine Hand auf ihm ab und starrte in eine imaginäre Ferne. Ich blieb ebenso still in der Dunkelheit des Kellers verharren und musste mich wieder beruhigen. Eine gefühlte Stunde verging und keiner von uns Dreien sagte auch nur ein Wort oder verursachte auch nur das kleinste Geräusch. Was musste in dem armen Mädchen vorgehen? Wie konnte ihm

Linderung zu diesem erbarmungswürdigen Feuertod ihres Geliebten gegeben werden?

Nach einer weiteren gefühlten Stunde war Lunae vollkommen ruhig geworden. Sie erhob sich vom Boden und zupfte etwas ihren Mantel zu Recht. Auch wischte sie sich die trocknenden Tränen aus dem Gesicht. Sie trat zu ihrem Vater und blieb bei ihm stehen. Mit gedämpfter Stimme begann sie

«Ich bin in Arka mehrmals verhungert. Ich war dem Tode nahe, allein mein Fleisch wollte nicht sterben. Warum, das weiß ich nicht.» Ihre Stimme zitterte mehr noch als ihre Hände, die sich bebend an dem ausgestreckten Unterarm ihres Vaters festklammerten «Ich lag schwach und kraftlos in den Kanälen unter der Stadt. Die Zeit verlor für mich an Bedeutung und ich wartete auf mein Ende. Doch es kam nicht. Stattdessen kamen...», sie beruhigte ihre flatternde Stimme «Stattdessen kamen die Ratten! Ich versuchte sie zu verscheuchen, doch sie wussten ich war zu schwach um eine Gefahr für sie zu sein. Sie nagten zuerst nur an mir, dann fraßen sie mich bei lebendigem Leib. Ich weiß nicht, wie ich das überhaupt überleben konnte.» Lunae berichtete ihm dies in einer solch entsetzlichen Nüchternheit, dass es mir das Herz zerbrach. Sethari dachte laut darüber nach «Ich weiß nicht was es ausgelöst hat, ob du nur von diesem Ereignis geträumt hast oder eine falsche Berührung diese Erinnerung in dir erweckte. Mit der inzwischen erlernten Feuerbändigung ist in dir ein gefährlicher Schutzreflex erwacht.» Sethari zog den Ärmel seiner Kluft zurück, darunter glühten die Runen seiner Armsiegel hell auf. Er deutete auf eine der vielen Runen «Diese hier ist eine Ultimative Rune. Sie hält jede Magie auf, die sie aufhalten soll. Ganz gleich wie stark oder schwach. Ich werde dir deine eigene Ultimative Rune schmieden und du wirst sie vor dem Schlafen gehen in Zukunft anlegen. Du kontrollierst selbst, wann du keine Feuerbändigung ausführen kannst. Weiter solltest du mit jemand über diese traumatischen Ereignisse sprechen. Das nimmt dir einerseits diese einseitige Sicht auf diese Dinge, aber auch verlieren diese Erinnerungen etwas von ihrem Schrecken. Ich rate dir dich dabei einem Gleichgesinnten anzuvertrauen. Ich denke du weißt wen ich meine.» Lunae sah erschüttert zum Vater hoch

«Aber wie sollte ich ihm nochmal unter die Augen treten können?» Sethari hob die Arme etwas

«Mach es einfach und vor allem entschuldige dich nicht bei ihm. Anubis weiß, dass es keine Absicht war.»

Mit seinen letzten Worten war ich nicht wirklich einverstanden, doch in seiner derzeitigen Verfassung wollte ich Sethari nicht widersprechen.

Wir gingen hinauf und ich sah das Pärchen an keinen der nächsten Tage. Ruben erklärte ich auf seinen Fragen nur, dass sich einige Dinge geklärt haben und kein Grund zur Beunruhigung mehr bestünde. Wie falsch ich damit lag, sollte mir erst einige Tage später deutlich vor Augen geführt werden. Sethari dagegen war wie ein Besessener damit beschäftigt die versprochene Ultimative Rune zu erschaffen. Ich stellte ihm meine Werkstatt zur Verfügung und konnte ihn nur über zwei Tage ununterbrochener Arbeit beobachten. Die Fortschritte und die Präzision, die er dabei an den Tag legte waren außerordentlich effizient und erschreckend zugleich.

Eine Ultimative Rune erfordert ein sehr hohes Maß an Kalkulation und Perfektion. Eine Rune im Allgemeinen kann Abweichungen hinnehmen, solange sie die wesentlichen Merkmale behält. Bestünde theoretisch also eine Rune aus einem Kreis, so war ein aus dem Handgelenk gezogener Kreis hinlänglich ausreichend um ihre Wirkung zu entfalten. Die Genauigkeit mit der der Kreis gezogen wurde entschied dabei über den Wirkungsgrad. Ein mit dem Zirkel gezogener Kreis, dessen Linie dabei noch eine exakte Breite und Dichte besaß, verfügte also über den allerhöchsten Wirkungsgrad. Die Herausforderung bei Ultimativen Runen ist, dass sie nicht aus einfachen geometrischen Formen bestehen. Jede Abweichung, selbst um eine halbe Haaresbreite war schädlich für das Ergebnis, besonders bei einer negierenden Rune, die etwas abwehren sollte. Gerade in ihrer Funktion als Schutzrune war es von noch größerer Bedeutung. Was nutzt eine Feuer abwehrende Rune, wenn sie nicht alles Feuer aufhalten kann?

Nach beinah einer Woche tauchten beim Abendessen das junge Pärchen und auch Sethari wieder auf. Anubis war augenscheinlich vollkommen unversehrt und wirkte ganz normal auf mich. Hätte ich nichts von der doch sehr bildhaften Beschreibung von Sethari gewusst, so wäre mir nie in den Sinn gekommen, dass er tödlich verletzt war. Lunae dagegen wich kaum von seiner Seite und wirkte gar nicht mehr so fröhlich wie vor dem Ereignis. Sie wirkte aber auch nicht mehr so unglücklich, wie im Weinkeller. Sie gab sich zurückhaltend, gar demütig. Sie trug deutliche Zeichen von Schlafmangel im Gesicht. Das arme Ding musste kein Auge mehr zugetan haben, bis sie die Rune von Sethari erhalten hatte. Dieses meisterliche Werk seiner geschickten Hände trug sie sogar jetzt beim Abendessen an einer schlichten Kette um den Hals.

Mir dagegen brannte schon lange Tage eine Frage auf den Lippen. Ich hatte mir den dämonischen Hund auf der Treppe inzwischen als Schutzwächter erklären können. So wie ich meinen Freund kannte, war die Magie, die mich in die Ohnmacht presste sicherlich von arkanem Ursprung und erklärte die schwerwiegenden Einflüsse auf meinen Leib. Doch was mit der toten Landschaft vor dem Haus war, das konnte ich mir beim besten Willen immer noch nicht erklären. Ich versuchte Sethari auf diese Frage hinzulenken. Doch es dauerte bis ich Käse und Wein im Nachgang servierte. Wunderlicherweise war nichts innerhalb des Turmes von dieser verderblichen Fäulnis berührt worden. Ich umging das Thema immer wieder, ehe ich etwas direkter wurde. Sethari hatte bis jetzt nichts gegessen oder getrunken, daher sah seine klaffende, leere Kapuze mich auf meine Frage nach dem Ursprung der abgestorbenen Landschaft lange an.

«Dir ist sicherlich aufgefallen, dass ich mich in der besagten Nacht eines Zaubers des Magica Arcanum bedient habe.» Ich nickte darauf nur und sah aufmerksam in die gesichtslose Kapuze hinein. Trotz, dass der Kamin sein Licht direkt in sein Gesicht warf, blickte ich nur in abgrundtiefe Schwärze.

«Die heute etablierte Heilung aus der Magica Universalum beschränkt sich darauf Wunden zu schließen. Das ist praktikabel für Schnittwunden jeder Tiefe und auch für Knochenbrüche. Nicht aber wenn es darum geht den ursprünglichen Körper wieder herzustellen oder abgetrenntes Fleisch, Knochen, Haut und Haar neu zu erschaffen.» Er schwieg für einen Moment «Du bist mit den alchemistischen Prinzipien bekannt», stellte er sachlich fest «Daher wird dir sicherlich die äquivalente Heilung etwas sagen. Manche bezeichnen sie wohl auch als Opferheilung. Ihrer Wesensart liegt zu Grunde, dass sie Gleiches für Gleiches fordert. Du hast gehört, in welchem Zustand sich mein Sohn befand. Lunae als Feuerbändigerin hat, durch einen Alptraum hervorgerufen, unbewusst den gesamten Raum entzündet. Anubis versuchte sie aus ihrer Panikattacke heraus zu holen. Jedoch ohne Erfolg. Erst die vollständig verbrauchte Luft im Raum ließ das Feuer ersticken und zwang beide in eine Ohnmacht. Lunae wurde zuerst wach und flüchtete, unverletzt aber erschüttert von dem schwarzverbrannten Anblick ihres

Geliebten. Er wurde etwas später danach wach und schaffte es trotz seines schwindenden Lebens und Verstandes mich mithilfe des Gegenstückes zu dem Amulett zu alarmieren, wie du es an jenem Abend an meinem Hals sahst. Ich eilte zu ihm und heilte ihn mit all meinen Mitteln.»

«Ich verstehe», sagte ich. Ruben warf ein, dass er es nicht verstanden hatte. Ich erklärte es ihm augenrollend «Das ist doch ganz einfach: Der äquivalente Tausch ist das Grundprinzip der Alchemie; Ein gleichwertiger Tausch. Nimm eine Waage und lege in beide Schalen eine Unze Blei. Willst du nun das Blei einer Schale in Gold verwandeln, so muss das erschaffene Gold das gleiche alchemistische Gewicht wie das Blei haben, um die Waage nicht aus dem Gleichgewicht zu bringen.» Ruben verstand es immer noch nicht und fragte in seiner arglosen Art weiter, obwohl ich genau wusste, dass er die alchemistischen Bücher vor zwei Monaten erst gelesen hatte. Doch er merkte sich einfach nichts.

«Aber wenn das so einfach ist, warum gibt es nicht viel mehr Alchemisten, die Blei in Gold verwandeln?»

«Weil das nur das Theoretikum ist. Der Umwandlungsprozess ist das Problem. Du willst aus einem Material von spezieller Güte und Eigenschaft Material mit einer anderen speziellen Güte und Eigenschaft schaffen, ohne den alchemistischen Gegenwert zu verändern. Blei und Gold haben sehr ähnliche Eigenschaften, sodass kein so großer Aufwand zur Umwandlung betrieben werden müsste. Versuche doch zum Beispiel statt des Goldes das Blei in eine alchemistische gleichwertige Menge Federn zu verwandeln.»

«Wieso sollte ich Federn haben wollen?» fragte Ruben und brachte mich einmal mehr zur Weißglut. Ich schlug die Hände über den Kopf zusammen.

«Herrgott Ruben! Ich versuche dir gerade nur zu erklären, dass Sethari der Natur draußen vor der Tür ihre Lebensmasse entzogen hat und sie in ihrem Gegenwert in Fleisch verwandelte, um das verbrannte Fleisch von Anubis zu ersetzen.» Mir wurde erst beim Aussprechen dieses Vorganges bewusst, welche Unmöglichkeit dieser Prozess bedeutete. Ich konnte den Gedanken jedoch nicht zu Ende denken, denn Sethari fiel mir mit ruhigem Tonfall ins Wort

«Was du da sagst ist richtig», begann er «Aber auch falsch.» Ich sah ihn innehaltend an, während er eine gewichtige Pause machte. Ich konnte nicht anders als ihn mit einem fragenden Blick geradezu anzustarren «Ich wandelte Anubis Fleisch tatsächlich aus Lebensmasse um. Jedoch war es nicht die Lebensmasse vom Wald. Dieser Prozess wäre bei der gebotenen Eile nicht schnell genug gewesen.»

«Was hast du dann...» ich stockte über meine Worte, denn mein Kopf schuf mir Gedanken, die mein Verstand schon im gleichen Moment nicht wahrhaben wollte. Für diesen Augenblick war mein Geist noch verschont in der unausgesprochenen Andeutung dieses Grauens. Sethari aber sprach weiter «Wie ich dir bereits sagte: Ich habe Anubis mit all meinen Mitteln geheilt! Danach habe ich diese Mittel mit meiner Umgebung wieder aufgestockt. Allerdings reichte es nur zu diesem wenigen, das ich dir zeigen will.» Er griff sich mit beiden Händen an die Kapuze und lüftete das namenlose Grauen seiner Tat.

Vor mir wurde ein vertrocknetes und eingefallenes Gesicht vom Kaminfeuer erleuchtet. Breite Risse waren auf der erstarrten, pergamentartigen Haut um den Mundwinkeln zu erkennen. Die Nase war eingefallen, der Mund in erstarrter Ruhe gelegt. Während die bleichen Zähne darunter blitzten, waren die Lippen in einer geschrumpelten Kruste um die finstere Höhle geschlungen. Die ledrigen Augenlider zuckten leicht auf und offenbarten ihre pechschwarze Finsternis dahinter, die sich langsam auszubreiten schien. Neuer Ekel würgte meinen Hals, als ich dieses unvorstellbare Rascheln der sich bewegenden, vertrockneten Augen unter den kaum geöffneten Lidern vernahm. Seinen Oberkörper hatte er ebenso freigelegt und glich einem mit Haut bespanntem Skelett. Die Magengrube war bis zur Wirbelsäule zusammengeschrumpft und spannte sich hoch in seinen Brustkorb. Seine Hose ruhte allein durch einen sehr eng geschnallten Gürtel lose auf den handbreit hervorstehenden Hüftknochen. Die Haut der aus ihren Handschuhen befreiten, krallenartigen Fingern, hing schlaff an den Knochen und hatte doch eine so bizarre Elastizität. Diese Abnormität in die sich mein Freund verwandelt hatte, war in ihrer Bewegungslosigkeit schon grauenvoll anzusehen. Bei seinen unbedarft als normal zu erachtenden Bewegungen, verwehrte dieser surreale Anblick meinem Verstand den Glauben an seine Wahrhaftigkeit.

«Wie kannst du dir so etwas Schreckliches nur selbst antun?» entfiel es mir mit schriller Stimme. Die Miene seines mumienhaften und erstarrten Gesichtes veränderte sich von einem Moment auf den anderen. Ruckartig und mit einem reißenden, brechenden Geräusch sah er mich plötzlich mit diesem unsagbar grauenvoll, ernsten Gesicht an. Die leeren Augen waren aufgesperrt und die Mundwinkel waren heruntergezogen. Er schien gekränkt über meine Worte zu sein und ich malte mir das schrecklichste Szenario aus. Mir lief ein eisiger Schauer über den Rücken, als würde jemand einen großen Block

Eis darauf schmelzen. Mahnend hob er die pergamentbezogene Knochenhand.

«Wie viele Stämme Holz braucht es um ein Gramm Fleisch aufzubringen? Wie viele Blätter, Blumen, Früchte? Wie viel Pfund tierischen Fleisches bedarf es um ein Gramm Mensch aufzuwiegen? Der Zauber unterliegt Verlusten in der Durchführung. Die Äquivalenz von einem Pfund lebendigen Fleisches zu totem Fleisch liegt bei einem Verhältnis von ungefähr Eins zu Zweieinhalb, je nach Verwesungsgrad. Das bedeutet zweieinhalb Tote für einen lebenden Arm, um es etwas anschaulicher zu beschreiben. Du wirst mir sicherlich zustimmen, dass die Anwendung dieser Methodik der Heilung im Krieg einfacher ist. Wenn es nur vierzehn bis siebzehn Menschen bedarf um eine Tonne menschlichen Materials zur Verfügung zu haben. Und nun stelle dir ein ganzes Feld von Leichen vor. Mehrere tausend Menschen, abgeschlachtet von Ihresgleichen, darauf wartend die zerhackten und abgetrennten Gliedmaßen der Lebenden zu ersetzen.» Er hatte sich bei seiner Ansprache erhoben und das maskenartige

Gesicht hatte einen grotesken, ereifernden Blick angenommen. Er wandte sich mir etwas näher zu und ich sah mich noch detailreicher diesem Horror ausgesetzt. Der folgende Satz, so nobel er klang, konnte nicht den Verstand raubenden, nekrotischen Anblick seiner vor meinen nahen Augen splitternden und bröckelnden Haut überdecken. Auch nicht die dünne Staubwolke, die er bei jedem Atemzug ein- und ausstieß. Dabei rieselte bräunlicher Staub und fast durchsichtige Blättchen aus der überdehnten und gerissenen Haut. Er hatte sich aufgerichtet und sprach mit beschwörend erhobenen Armen «Mein Opfer, mein lieber Elfrad, musst du wissen», rief mich diese Abnormität eindringlicher «Ist für mein Verständnis nichts Außergewöhnliches; Ich gab nur was ich immer schon bereit war für meine Kinder zu geben. Ich betrachte sie wie mein eigen Fleisch und Blut.»

Spiegelstrafe

In den Chroniken der Reichsstadt Nulpen, nördlich der Königsstadt Nulphast des Königreichs
Kantahar, fand sich vor kurzem der Bericht eines
namenlos gebliebenen Beamten des Stadtrates. Dieser Bericht sorgte für eine gewisse Aufregung in
dem amtierenden Rat der Stadt. Der Bericht wurde
in einer Abschrift an die Hohe Schule von Uthiel
versandt, die ganz in der Nähe lag und ebenso in der
Sache involviert zu sein schien. Der Rat befürchtete
das Wirken von verbotener Magie innerhalb der
Stadt. Genauer gesagt, das Wirken eines Maleficum,
eines Schadenszaubers der verbotenen Blutsmagie.
Dieser Maleficum sollte laut Bericht durch einen
Studenten oder anderen Angehörigen der Hohen
Schule gewirkt worden sein.

Der gesamte Vorfall sowie die Anschuldigung
wurde vertuscht und vor der Öffentlichkeit geheim
gehalten. Die Sensationslust der Menschen und die
Bereitschaft ein kleines Vermögen zu derer Befriedi-

gung auszugeben, ist es jedoch zu verdanken, dass eine der wenigen Abschriften dieses Berichts in den Besitz eines Raritätensammlers kam. Dieser Sammler machte die Abschrift einem kleinen Kreis handverlesener Freunde und Mäzenen zugänglich. Ich war einer der Glücklichen und möchte die Geschichte hier einer breiteren Menge verfügbar machen, die dies zur Mahnung zu verstehen hat.

Die Reichsstadt Nulpen erhielt gemäß ihrer Stadtchronik vor gut 176 Jahren ihren inzwischen als Pfeifferturm bekannten Wachturm. Er zählt heute zu den ältesten Gebäuden der Stadt und war seinerzeit noch Teil der alten Stadtbefestigung. Die Ereignisse trugen sich in einer Zeit zu, bevor Nulpen im zweiten Mittreicher Kongress den Sitz des Königshauses der Malabaster an das benachbarte Nulphast verlor. Der Pfeifferturm wurde zentral am Haupttor zum ältesten Teil der Stadt in die Mauer hinein errichtet. Aufgrund des schnellen Wachstums der Stadt, die sie ihren ertragreichen Böden und vielen Handwerkern zu verdanken hatte, wurde der alte Stadtkern von Nulpen sowie der Pfefferturm rasch von neuen, aufstrebenden Stadtteilen umschlungen. Nur wenige Teile der sogenannten Alten Wehr stehen heute noch. Die Stadtmauer wurde entweder in Gebäude integriert, die an ihr anlehnten oder wurde für die Errichtung neuer Gebäude und Straßenzüge umfunktioniert. Zuweilen trug man die alte Wehrmauer auch ab, um aus ihr Baumaterial für andere Bauten zu gewinnen. Die so freigewordenen Grundstücke waren sehr beliebt und teuer erkauft. Einzig der Pfeifferturm war weitestgehend unverändert geblieben.

Warnte dieser alles überragende, steinerne Koloss zunächst als höchster Aussichtspunkt der Stadt vor herannahenden Gefahren durch marodierende Söldner, Räuberbanden oder feindliche Heeren, so dient er unlängst nur noch zur Warnung vor Feuern in der Stadt oder herannahenden Unwettern. Auf dem runden Turm wurde zu diesem Zweck schon früh eine kleine Turmstube errichtet. Diese besaß acht Fenster, die in alle Himmelsrichtungen zeigten. Der Türmer erhielt als Warnsignal ein Horn in das er bei Gefahr hineinstieß, daher etablierte sich auch rasch der Name Pfeifferturm bei der Bevölkerung. Seit seiner Inbetriebnahme hatte der Turm viele Feinde angekündigt und vor vielen Feuern gewarnt, die die Existenz der gesamten Stadt bedrohten. Nun zum Bericht des unbekannten Stadtbeamten, der mit den folgenschweren Ereignissen betraut war. Dies ist die wortgetreue Abschrift des Sammlers:

Ich schreibe diesen Bericht nach den Ereignissen des unter Gregoriusfeuer bekanntgewordenen Brandes in der Altstadt von Nulpen. Gregoriusfeuer, da es am Tage des Heiligen Gregorius ausbrach. Das Feuer wütete in der Altstadt und verheerte fast ein Drittel des alten Stadtkerns von Nulpen und legte ihn in Schutt und Asche. Schlimmeres war nur verhindert worden, da ein Nachtwächter den Brand frühzeitig bemerkte und Alarm geschlagen hatte. Der Kampf gegen die Flammen dauerte bis zum Mittag des folgenden Tages an. Dem Inferno konnte erst Einhalt geboten werden, nachdem die Stadtwache zwei Straßenzüge zur Linken und Rechten des Feuers niederriss. Die so geschlagenen Brandschneisen entzogen dem Feuer seiner Nahrung und die

Feuersbrunst konnte unter Kontrolle gebracht werden. Die verbaute Stadtmauer im Rücken und der weite Marktplatz nach vorne, boten den Flammen keinen neuen Nährboden. Nach Ausmerzung der letzten Brände und der peniblen Suche nach verbleibenden Glutnestern habe ich das ernüchternde Ergebnis genauestens protokolliert und meinen Bericht dem Rat der Stadt heute Vormittag vorgetragen; 23 Wohnhäuser, Unterkunft für bald 120 Menschen sind verloren. Eine Bäckerei, eine Töpferei, eine Schenke, ein Glasbläser, zwei Wäschereien und Teile eines Gasthauses sind ebenso nur noch ein schwellender Haufen Trümmer. Die Zahl der Toten stieg nach der Ratssitzung an, als die vermissten drei Kindlein des Bäckers Thomas in der Asche gefunden wurden. Sie hatten sich im Backofen vor dem einstürzenden Haus gerettet und wurden, so makaber es klingen mag, bei lebendigem Leibe gebacken. Der Familie wurde vorsorglich erzählt, dass sie vorher erstickt sind. Die Haltung und Mimik der schwarzbrannten Leiber, so wurde mir berichtet, legten ein wesentlich traurigeres Zeugnis ab. Demnach sind in dieser einen Nacht 97 Menschen größtenteils im Schlaf ums Leben gekommen, sowie weitere 13 Helfer bei dem Versuch die Flammen zu bekämpfen, weitere 32 Menschen sind ohne Obdach. Eine grausige Bilanz, obwohl der Pfeifferturm kaum einen Steinwurf entfernt stand.

Der Rat der Stadt hatte mir ebenso die Frage gestellt auf die ich noch keine Antwort wusste, die aber auch mir auf den Lippen brannte: Wie konnte es zu dieser schrecklichen Katastrophe kommen? Das Feuer hätte ihrer Meinung nach zwar ebensolche Verheerung auch weiterhin angerichtet – Brandmauern wie in den jüngeren Teilen der Stadt gab es in der Altstadt nicht – doch die immens hohe Zahl an Opfern hätte verhindert werden können, hätte der Türmer sie pflichtbewusst gewarnt. So starben sie im Schlaf von den Flammen überrascht oder vom Rauch erstickt. Der Sündenbock war von der Obrigkeit somit gefunden: Der Türmer Jakob.

Hier also stand ich vor dem aus Buckelquadern errichteten Pfeifferturm. Ich sah abschätzend zu seiner 95 Fuß hohen Traufe hoch und musterte ebenso die bald 26 Fuß breite Front, die sich in den gepflasterten Marktplatz hinein schob. Der sonst blasse, braune Schilfsandstein war von einer feinen Schicht aus schwarzem Ruß überzogen und gab dem Turm einen seltsam falschen Schatten auf der dem Feuer zugewandten Seite. Der massige Körper des riesenhaften Turms besaß als ehemalige Wehranlage nur wenige kleine Fenster.

Ich sammelte mich und trat den kleinen Treppenaufgang hinauf und in die dämmrige Dunkelheit des Turminneren. Links führte eine Treppe hinab in den alten Kellerraum des Turmes, rechts führten schmale Treppenstufen steil hinauf. Dadurch, dass der untere Teil der Mauer sechseinhalb Fuß dick war, wirkte der Turm von außen größer als von innen. Ich stieg die beklemmend enge Treppe hinauf. Ab dem zweiten Stockwerk war die Mauer nur noch sechs Fuß dick und nun kurz unterhalb der Wohnung lediglich zwei Fuß. Hier führte mich eine letzte steile Holztreppe in die eigentliche Türmerstube. Links über mir warf eines der Ausguckfenster sein Licht auf die abgetretenen Holzstufen. Ein modriger Geruch stieg mir in die Nase, obwohl hier oben durch die acht klapprigen Fenster hörbar ein pfeifender Wind zog. Die Türmerstube war in drei Räume durch dünn gemauerte Ziegelwände getrennt, die die Last des kleinen Spitzdaches trugen. Die Stube war nach außen zwar rund gemauert, innen aber war sie achteckig angelegt und weiß verputzt. Ich blickte in den ersten Raum. Es war ein kleiner Vorratsraum, in dem allerlei haltbare Lebensmittel in zwei kleine, schiefe Regale eingelagert waren. Vom Grundriss mochte dieser Raum mit der Treppe fast die Hälfte der Stube einnehmen, zumindest waren drei der acht Fenster hier zu sehen. Auf meiner Augenhöhe standen direkt neben der Treppe mehrere große, tönerne Krüge mit einer Schöpfkelle daraufgelegt. Von den offenen Krügen ging der brackige Geruch abgestandenen Wassers aus. Ebenso fand sich in der hinteren Ecke eine kleine steingemauerte Feuerstelle. Als ich weiter hinaufstieg, sah ich den steinernen Boden rings um die Feuerstelle, der Rest war mit großen Holzdielen ausgekleidet

«Immerhin besteht hier keine Brandgefahr», sagte ich zu mir leise. Zu meiner Rechten sah ich in einen kleinen Flur, an dessen Ende eines der Fenster sein fast grelles Licht hineinwarf «Türmer Jakob?», rief ich nun laut in das Stübchen hinein, um den Mann hervor zu locken. Doch es blieb still. Ich verharrte dort noch einige Momente und verlagerte mein Gewicht von einem Bein auf das andere. Ich strengte mein Gehör aufs Äußerste an, doch mehr als den pfeifenden Wind konnte ich nicht hören. Langsam wanderte ich zu dem Flur und bemerkte auf dem Tischchen, an dem ich nun vorbeitrat die liegengelassenen Essensreste. Ein feines Gespinst aus grauem Schimmel lag auf dem Teller und auch das daneben liegende Brot verging in weißgräulich grünem Schimmel. Ich hielt instinktiv den Atem an und wunderte mich über diese ungeregelte Lebensweise. Ich wusste ja, dass Jakob der erste Türmer nach vielen Generationen war, der ohne Frau hier lebte, doch er machte seinerzeit eigentlich einen grundsoliden Eindruck bei seiner Einstellung. Zugegeben, er war etwas geheimniskrämerisch und er hatte bestimmt etwas zu verbergen, doch sein Leumund war in Ordnung. Selbst wenn er etwas zu verbergen hatte, so kam es in den letzten beiden Jahren pflichtbewusster Arbeit nicht ans Tageslicht. Ich betrat den Flur und fand direkt zu beiden Seiten je eine Tür zu zwei weiteren Räumen «Türmer Jakob», sprach ich erneut laut. Doch wieder erfolgte nach einigen Momenten des Wartens kein Geräusch oder Ton. Ich schob die dünne Holztür zur Linken auf und betrat das, was als Wohnstube gedacht war. Hier stand ein verhältnismäßig großer Tisch mit Bank. Da war auch ein kleinerer Tisch, der an der Wand montiert war und auf dem ein Buch lag. Ich sah einige fertige und halbfertige Beinschnitzarbeiten und auf dem Boden in der hinteren Ecke einen grob geflochtenen Korb mit sauberen Knochen darin. Der Lohn als Türmer war jämmerlich, wie ich wusste. Er musste sich hier also als Beinschnitzer ein Zubrot verdienen, denn ich hatte ihn noch nie außerhalb des Turmes gesehen. Wenn ich so darüber nachdenke habe ich ihn seit seiner Anstellung im Herbst vor zwei Jahren überhaupt nicht mehr gesehen.

Ich betrachtete die vielen kleinen Figuren, die aufgereiht auf dem kleinen Tischchen zu einem fast fertigen Ensemble für ein Königsspiel zusammengestellt standen. Ich verwunderte mich allerdings an der doch ungeschickt wirkenden Verarbeitung dieser Figürchen. Sie waren obschon in ihren groben Formen zwar erkennbar und eindeutig. So erinnerte ich mich zumindest an das aufgestellte Spielbrett bei dem Ratsherrn Geldemann. Doch diese Figuren hier hatten nichts mit der Finesse und der Ästhetik gemein, wie jene Figuren des Ratsherrn. Der Schnitzer schien sich nicht einmal die Mühe gemacht zu haben ihnen ein ansehnliches Äußeres zu geben. Manche wiederum waren ursprünglich von meisterhafter Schönheit und akkurater Kunsthandfertigkeit gearbeitet, jedoch nachträglich irgendwie – ich möchte fast sagen – verunstaltet worden. Ich wandte mich von dem grotesken Sammelsurium aus Knochenfiguren ab und bemerkte nun erst wieder das Büchlein auf dem Tischchen an der Wand. Ich erkannte es als das Berichtsheft, dass der Türmer immer zu führen hatte, wenn Ereignisse festzuhalten waren. Es war noch das ursprüngliche von dem Vorgänger von Jakob. Ich wollte den letzten Eintrag lesen, bemerkte aber, dass das Buch mehr als die sonst üblichen kurz gehaltenen Notizen enthielt. Ich überlegte einen Moment und blickte dabei aus dem Fenster. Von hier war das Ausmaß der Feuersbrunst gut zu erkennen. Die Aufräumarbeiten waren in vollem Gange.

Ich ließ mich auf dem Stuhl nieder und blätterte in dem Büchlein zurück, bis ich augenscheinlich den letzten regulären Eintrag fand. Dieser war vor bald sechs Monaten gemacht worden und beinhaltete die Alarmierung über ein durch einen Wetterstrahl aus-gelösten Brand in der Kirchturmspitze des nahen Klosters des Heiligen Gregorius. Ich erinnerte mich, dass dreißig Mann, ausgestattet mit Ledereimern, Äxten und Leitern den Mönchen zur Hilfe eilten, noch mehr Freiwillige aus der Stadt und Umland folgten nach. Bei einem Blick nach draußen sah ich das Kloster in der Ferne. Der einstige Turm war von Baugerüsten eingekleidet und befand sich noch im-mer im Wiederaufbau. Der Baumeister berichtete jüngst dem Rat, dass der Kirchturm im Frühjahr schon wieder seine Glocken erhalten könne. Seine Glockenweihe selbst sollte er aber erst zum Hochfest des Heiligen Gregorius im darauffolgenden Jahr wieder erhalten. Die Glocken waren bei ihrem Sturz in den Fuß des Turmes wunderlicherweise zwar nur leicht beschädigt worden, mussten aber umständlich sieben Orte weiter zum Glockengießer Hermann Schlegel transportiert werden.

Ich las hiernach die Seiten, die mir zuerst wie ein Geständnis an die Nachwelt vorkamen. Nach dem später folgenden Ereignis, habe ich diese Seiten aus dem Heft herausgerissen und an mich genommen. Rückblickend empfand ich es jedoch mehr als eine Art selbstverfasste Leichenrede. Die Heftseiten war etwas fleckig von der Tinte und einige Stellen waren seltsam verschmiert, als sei der Schreiber sich der nassen Tinte nicht gewahr geworden als er mit der Hand beim Schreiben darüber strich. Die Schrift war krakelig, so als hätte der Schreiber versucht mit der anderen, als seiner Schreibhand zu schreiben. Was mich jedoch am meisten verwunderte war die Tatsache, dass der elegante und gut formulierte Inhalt in so krassen Gegensatz zu der äußeren Form des Schriftstücks stand. Anbei nun sei der unverfälschte Text wiedergegeben, der in dem Berichtsheft eingetragen und später herausgerissen stand:

«Mein Freund, der du das hier nun liest, sei gesagt ich bete, dass der Umstand, der dich zu diesem Schreiben geführt hat nicht der einer Pflichtverletzung meines Amtes als Türmer dieser Stadt ist. Und wenn dem so sei, so bitte ich um Nachsicht, denn zu diesem Zeitpunkt werde ich nicht mehr im Stande gewesen sein dieser Pflicht nachzukommen. Dir nun möchte ich meine Geschichte erzählen, dass sie der Mahnung und der Achtung vor den gottgemachten Regeln und Gesetzen zuträglich sein wird. Du musst wissen, ich war ein gemachter Mann. Ich besaß eine Truhe voll mit Gold und eine weitere randvoll mit Silber und eine dritte mit Edelsteinen. Ich trug die feinsten Kleider und aß die teuersten Speisen. Ich verkehrte mit den Adeligen und den Edelingen, als seien sie meine Familie selbst gewesen. Doch dieser Reichtum war durch Lug und Betrug erworben. Ich war ein Dieb. Ein sehr erfolgreicher und glücksgeküsster Dieb. Ich war der Anführer der größten Bande jenseits der Funkelstaubwüste. Sicherlich fragst du dich nun, warum ich mein leichtlebiges Dasein als erfolgreicher Dieb und Betrüger aufgegeben und der harten Arbeit kärgliches Mahl als Türmer vorzog. Welche Ironie, dass mich dieser Sinneswandel zu meinem frühen Grab führen wird. Während ich dies hier schreibe spüre ich wie der Tod durch meine Adern rinnt. Meine Jungs hatten erst gelacht und dachten ich treibe meinen Spaß mit ihnen. Doch als ich nicht davon abging waren sie doch mehr als verwundert. Sie horchten mich aus. Ich glaube sie dachten ich hätte eine große Beute gemacht und konnte mich damit zur Ruhe setzen. Wenn sie doch nur gewusst hätten, was ich getan habe. Ich hatte immer alles ausgegeben, sobald ich es in Händen hielt. Ich habe gelebt als gäbe es kein Morgen. Wie recht ich doch damit behalten sollte. Sie glaubten, ich sei der nervenaufreibenden Jagd nach Abenteuern überdrüssig oder die geschickten Finger seien zu zittrig geworden.»

In einer Randnotiz des Schreiberlings der ursprünglichen Abschrift stand: Der Text machte an dieser Stelle einen bedächtigen Absatz.

«Ich kann mich rühmen zeitlebens bei nicht einem einzigen Diebstahl erwischt worden zu sein. Zugegeben, wenn man die Male ignoriert, wo ich mit meiner Beute erkannt wurde. Aber bei dem Diebstahl selbst, da hat mich nie auch nur einer erwischt. Mit 26 Jahren wäre es auch kein Alter gewesen aufzuhören. Sie dachten auch ich würde diesem unsteten Leben müde, da das Handwerk des Diebes immer nur von einem Opfer zum nächsten reicht. Du sollst wissen, dass ich das zeitweise immer schon leid war. Doch auch das war nicht der Grund. Entschuldige wenn ich gerade lache, aber sie dachten doch wirklich, dass ich aufgrund irgendeines Glaubens vom lästerlichen Pfad abgefallen sei. Das war nur zu komisch kann ich dir versichern, da ich nie gläubig war. Doch nein, sie können es nicht verstehen. Niemand kann es verstehen. Niemand, der nicht selbst dabei gewesen ist, als ich den absolut letzten Diebstahl meines Lebens begangen habe. Um dir das alles nun begreifbar zu machen, lass mich dir meine Geschichte erzählen. Keine Sorge sie ist kürzer als der Rest an Leben, der jetzt noch in mir steckt.

Ich war der dritte Sohn des Schinders Georg, der zugleich auch der Henker des Städtchens Lilienheim war. Mit meinen Eltern, und beiden Brüdern lebte ich gemeinsam in der kläglichen Abdeckerei mit der kleinen Wohnstube und Schlafstatt darüber. Unser Haus lag gute fünf Meilen östlich von der Stadt entfernt und vor dem Lilienmoor. Unser Leben ließ sich nur als ärmlich bezeichnen und der Alltag war bestimmt vom Gestank faulenden Fleisches, Fliegen und der Plackerei mit den Kadavern. Bis ich vierzehn war, grub ich mit meinen Brüdern die Löcher auf dem Wasenplatz für die Reste, die Vater nicht verkaufen konnte und die vom Verbrennen übrig geblieben waren. Ich verabscheute mein Leben. Vor allem, wenn ich Vater zu den Salpetersiedern und Gerbereien begleiten musste und das, auch wenn Vater mich doch für den gescheiteren von uns drei Brüdern hielt. Das Fleisch und die Häute stanken erbärmlich und die Menschen mieden uns nicht nur augenscheinlich. Sie machten keinen Hehl aus der Abscheu vor unserem unehrlichen Beruf. Kehrten wir heim, so rochen meine Kleider noch Tage später nach Fäulnis und Verwesung. Auch mich zu waschen half nicht diesen abscheulichen Gestank verfaulendem und in sich vergehenden, madengetränkten Fleisches los zu werden. Meine einzigen Lichtblicke waren zu jener Zeit die Besuche bei den Seifensiedern. Dort schickte mich Vater meist alleine hin, da er mit Florian Seifer, dem Zunftmeister immer schon ein gutes Auskommen hatte. Die beiden Männer kannten sich von den eigenen Kindertagen an. So brachte ich stets ohne Begleitung meines Vaters Knochen und Fett zu der Seifensiede. Warum ich diesen Ort so innig liebte war einfach; Hier waren alle Gerüche von der Seife überdeckt. Während andere diesen extremen, scharfen Geruch der Kernseife nicht ertrugen, liebte ich es hier zu sein und den beißenden Duft der Seifenlaugen zu atmen. Herr Seifer zeigte mir schließlich aufgrund meiner interessierten, neugierigen Blicke die Siederei und ich war begeistert. Lange lief ich lustwandelnd wie ein

Mann ehrbarer Abstammung durch diesen Garten offen gemauerten Kessel mit ihren schwülen Dünsten und heißen Nebeln umher. Ich fand die Seifenblöcke zum Trocknen gestapelt und bewunderte diese honiggelben Blöcke, als seien es goldgegossene Barren zu den Säulen eines großen Heiligtums aufgestapelt. Hier war der Ort, den ich für das Paradies gehalten hatte. Hier war der Ort, an dem ich meinen ersten Diebstahl beging. In einem unbeobachteten Moment nahm ich einen etwas abseits gefallenen kleinen Seifenbrocken und schob ihn unbemerkt unter mein Hemd. Niemand hatte etwas gemerkt und niemand sollte etwas von meinem ersten Diebstahl merken. Ich erhielt die Bezahlung für die Knochen und fuhr heim. Auf der Rückfahrt, so erinnere ich mich, war mir seltsam zumute. Einerseits hatte ich für meine Verhältnisse eine gute Menge Geld dabei, andererseits war ich wesentlich mehr an dem Seifenstück interessiert, als an irgendetwas anderem. Zuhause angekommen verbarg ich die Seife weiter und versteckte es für die rechte Gelegenheit. Mir war klar, dass meine Familie Verdacht schöpfen würde, wenn ich die Seife benutzte. Ich wartete bis Vater zur Hinrichtung nach Lilienheim gerufen wurde. Er gab uns Kindern bei solchen Gelegenheiten den Tag frei. Nur Hannes, der Älteste musste ihn begleiten und sein Richtschwert für ihn tragen. Als sie fort waren heimste ich also meine Beute heimlich ein und zog mich, wie so oft, ins Lilienmoor zurück. Dort kannte ich jeden Pfad und jedes Sumpfloch wie meine eigene Hand. Tief verborgen zwischen den Schilfgräsern bewunderte ich jetzt erst meinen gestohlenen Schatz. Er war tatsächlich unscheinbar; ein abgebrochener und unförmiger Klumpen Seife. Kaum zu vergleichen mit den akkurat geschnittenen oder sogar geschnitzten Seifen aus der Siede. Es war mein Stück Freiheit. Mein Moment Frieden auf Erden. Fort von dem jämmerlichen Gestank meines Daseins. In einem klaren Tümpel wusch ich mich von nun an immer heimlich mit der Seife und ich war überglücklich den Geruch der Abdeckerei los zu sein, wenn ich im Moor umherwanderte. Im aufkommenden Sommer lag ich oft einfach auf dem weichen Moos wie ich auf die Erde gekommen bin und ließ mir den warmen Wind über den blanken Leib fahren. Meine Kleider lagen abseits, sodass ich ihren Geruch nicht wahrnahm. Manchmal blieb ich sogar über Nacht und ruhte in dem sonnengewärmten Moosacker. Lästige Insekten gab es im tiefer liegenden Teil des Moores nicht. Am folgenden Tag kehrte ich zurück und jedes Mal war ich wütender und verdrießlicher darüber die stinkenden Kleider wieder anzulegen. Ich rieb mich mit Torf und Moos ab, sodass meine Familie meine saubere Erscheinung nicht erkannte.

Doch eines Tages fand meine Mutter das Seifenstück unter meinem Lager schließlich und zeigte es wohl dem Vater. Als ich von meinem Auftrag zurückkehrte, da hatte er mich zur Rede gestellt und anschließend geschlagen, wie noch nie zuvor: „Der Sohn des Henkers stiehlt nicht!" Das hatte er unentwegt geschrien während er mit seinen großen Händen auf mich einhämmerte. Wären meine Brüder nicht dazwischen gegangen, er hätte mich wohl totgeschlagen. Er verbot mir jeden Ausgang und auch auf seine Fahrten durfte ich ihn nicht mehr begleiten. So blieb mir nichts anderes als in der Abdeckerei meiner stinkenden Arbeit nachzugehen. Doch mit jedem Tag mehr missfiel mir die Arbeit und der Gestank gewann eine Impertinenz, die mich mit seiner Allgegenwärtigkeit zu verhöhnen und zu verspotten schien. Die Fäulnis schien mich auszulachen für meinen traurigen Versuch mich von ihr zu trennen. Obschon meine Brüder mir stets versuchten dieses abscheuliche Leben gut zu reden, ertrug ich es nicht mehr. Ich verwünschte meine Brüder, die meinen Tod verhindert hatten. So beschloss ich im folgenden Frühjahr fort zu gehen. Ich packte das wenige meiner Habe, nahm das Seifenstück aus der Truhe meines Vaters und zog fort. Ich verwischte meine Spur und durchwanderte das Lilienmoor bis auf seine andere Seite. Niemand, das wusste ich, würde mich hier hin verfolgen, da ich keine Seele kannte, die sich so gut in diesem Moor zurechtfand wie ich. Auch sollten sie ruhig glauben, dass ich in dem morastigen Sumpf umgekommen war. Ich folgte dem unbekannten Ziel meiner Reise und nahm das Feyergebirge zu meiner Rechten. Ich erreichte schließlich einen kleinen See. In diesem wusch ich mich mit meiner Seife und überlegte was mit meiner Kleidung zu tun sei. Sie würde mich in Aussehen und Geruch verraten. Ich bemerkte einen badenden Mann etwas abseits. Ich dankte dem Glück und beging hier meinen zweiten Diebstahl. Ich schlich mich an den Ahnungslosen heran und nahm ihm seiner Kleider, die er über einen Ast gelegt hatte. Ich rannte splitternackt in den Wald und legte das Hemd, die Jacke und Hose an, die mir etwas zu groß waren. Ich fühlte mich nun zum ersten Mal in meinem Leben wie ein richtiger Mensch. Vor allem anderen aber fühlte ich mich großartig, war ich doch mit meiner Tat davon gekommen. So zog ich weiter gen Osten und verließ meine Heimat. Hier würde man mich wieder erkennen und die Herkunft sehen, die meine neuen Kleider und Geruch nun verbargen.

Dreizehn Tage schlug ich mich durch die Wildnis und lief abseits der Wege. Ich lebte von dem wenigen, das mir der noch junge Wald zu geben hatte und hielt mich mit Diebstählen an schlafenden Reisenden und Händlern auskömmlich über Wasser. Hauptsächlich stahl ich zu dieser Zeit Nahrung.

Diese Beweise konnte ich mühelos verschwinden lassen und alles andere hätte meine Reise nur belastet. Sollte ich Geld benötigen, so würde ich es mir zu der gegebenen Zeit aneignen. Zu diesem Zeitpunkt dachte ich, dass mich nichts aufzuhalten vermag. Und tatsächlich; Die Glücksgöttin war mir hold. Ich erreichte unbeschadet und unentdeckt die alte Festungsstadt Thar Empel, ein Bollwerk der Mönche, Missionare und Ritter der Kreuzer und ihrer Heiligen Orden im beginnenden Zeitalter des Friedens. Nach ihrem Rückzug aus Haeresien, war die Stadt heruntergekommen zu einer banalen, aber reichen Handelsstadt. Da lag es vor mir: Die letzte Festung vor der endlosen Funkelstaubwüste und der erste Anlaufpunkt der Karawanen aus den Reichen hinter dieser glitzernden Wüste. Reiche Händler und Kaufleute, ahnungslose Abenteurer und Reisende. Güter, Waren und Geld im Überfluss. Alles bereit genommen und wieder ausgegeben zu werden. Es dauerte eine Weile ehe ich mich mit den Gepflogenheiten und den Eigenarten dieses wild zusammengeworfenen Haufens aus Menschen aller Herrenländer vertraut gemacht hatte. Ich gewann einen Elan und eine Lebendigkeit, die ich noch nie im Leben verspürt hatte. So verkehrte ich bald schon mit wohlhabenden Männern und Frauen, lernte ihre hochtrabende Redeweise und man nahm mich in diesen Kreisen auf, als hätte ich schon immer zu ihnen gehört. Hier lernte ich auch das Schreiben und Lesen, was mir bei meinen späteren Betrügereien noch nützliche Dienste erweisen sollte. Was hätten die hohen Herrschaften nur gedacht, wenn sie gewusst hätten, dass ich ihnen ihre Waren in der Nacht stahl und an ihre Diener am Morgen wieder verkaufte? Totgeschlagen hätten sie mich wohl. Meine ruchlose Karriere, will ich dir an dieser Stelle ersparen. Allein die Höhepunkte möchte ich hier kurz anreißen.

So stahl ich einst einem Händler dreißig schwer mit Salz beladene Kamele und verbarg sie für fünf Tage. In der Karawanserei habe ich mich dann in der Nähe seines Tisches niedergelassen und kam schließlich mit dem aufgelösten Mann ins Gespräch. Wir freundeten uns an und ich versprach ihm zu sehen was ich tun kann, dass seine Kamele und das

Salz wieder auftauchten. Ich brachte ihm einundzwanzig seiner Tiere und tat als seien es meine eigenen und schenkte sie ihm in einer großzügigen Geste, sodass er nicht mehr voll Gram und Zorn für den Dieb war. Er war über diese edle Tat so geblendet und erfreut, dass er mich einlud und ich blieb für drei Tage sein Gast und erfuhr das eine und andere großherzige Zeichen seiner Dankbarkeit. Er schenkte mir sündhaft teure Kleider und ich aß mit ihm in den besten Häusern. Wir blieben bis zuletzt gute Freunde und immer wenn er mit seiner Karawane nach Thar Empel einkehrte, so suchte er mich auf und wir aßen und tranken gemeinsam, als wären wir Brüder. Ein anderes Mal stahl ich einer reichen Mäzenin ihr goldenes Geschmeide, ein Geschenk ihres Mannes wie ich erfuhr. Sie berichtete mir ganz aufgelöst, ihr Mann würde rasend vor Zorn werden, wenn er erführe, dass sie das Geschenk verloren hätte. Ich versprach ihr, einen Goldschmied zu finden, der ihr das Geschmeide neu herstellen könne und es wäre als sei nie etwas damit geschehen. Sie beschrieb mir das Geschmeide so genau sie konnte und ich zog vermeintlich los. Tatsächlich betrank ich mich und tauchte nach einigen Tagen nüchtern wieder bei ihr auf. Ich erklärte einen Goldschmied gefunden zu haben. Der benötigte aber Gold um die Arbeit durchzuführen. Sie gab mir reichlich und ich verprasste das Geld und den überlassenen Goldschmuck zum Schmelzen über die nächsten fünf Tage hinweg. Schließlich brachte ich der aufgelösten Frau ihr Geschmeide zurück und sie war überglücklich. Auf dieser Grundlage gründete ich mein Geschäft und weihte bald schon weitere Männer in diese Arbeit ein. Sie bestahlen die Händler und ich gab gönnerhaft und auf die betrügerischste Art und Weise jenen Bestohlenen gegen Geld und andere Leistungen ihre Habe wieder. Ich etablierte Schutzgelder für die ortsansässigen Händler und bekämpfte sogar andere Banden für meinen eigenen Profit. Ich gründete zeitweise sogar eine zweite Bande, mit der ich vor den Augen der Händler stritt, sodass sie Willens blieben ihre Schutzgelder zu bezahlen. Kurzum ich bekam den Hals nicht voll.

So lebte ich über sieben Jahre wie die Made im Speck. Doch ich erkannte fast zu spät, dass ich den Bogen in Thar Empel überspannt hatte. Die großen Karawanen blieben unlängst aus. Die Region war ihnen zu unsicher geworden. Gemäß meinen Nachforschungen stiegen sie nun über die Königsstadt En Parthis in Bab Ilîm und südlich von Nulphast in Kantahar und teilweise auch in Fauroe nahe bei Uthiel ab. Da die beiden Königsstädte nicht in Frage kamen, beriet ich mich mit meinen beiden ständigen Vertretern. Unsere Überlegungen führten uns dahin, dass wir unsere Wirkungsstätte verlagern mussten. Genauer gesagt zu der Stadt Fauroe. Eigentlich kein besonderer Ort. Es war eine mittelmäßige Stadt ohne große Reichtümer. Fauroe liegt aber in Uthiel, einer der beiden Enklaven von Solaia, wo die Magier wohnen und wirken. So zumindest berichtete mir ein Gelehrter, der mit dem Heiler von Uthiel in enger Freundschaft stand. Besser jedoch bekannt ist Uthiel für seine Hohe Schule. Dort werden Magier, Krieger und angehende Prinzen und Prinzessinnen in den Geschicken der Welt ausgebildet. Es liegt genau zwischen den Königreichen Kantahar, Quarta und Helorth, aber auch nah an der Grenze zu Bab Ilîm. Wir beschlossen also, dass Fauroe unsere neue Basis werden sollte, um in allen vier Ländern zu operieren. Wir hofften dort auch die Magier der Hohen Schule um das eine oder andere wertvolle Objekt erleichtern zu können. Das war mein Plan. Ich zog also alleine nach Fauroe um die Gegend und das hiesige Völkchen aufzusuchen und auszukundschaften. Wie immer reiste ich mit leichtem Gepäck und wie immer stahl ich mir dort mit kleineren Summen meine Reisekasse zusammen. Hatte ich Hunger, so stahl ich mir etwas zu essen, brauchte ich Geld für den Wegzoll, so stahl ich eben Geld. Was ich brauchte fand ich überall, ich brauchte es mir nur zu nehmen.

Hier in Fauroe nun nahm mein letzter Diebstahl seinen schicksalhaften Verlauf. Es war ein angenehm milder Herbsttag. Ich war gerade erst in Fauroe angekommen und suchte mir einen reichen, ahnungslosen Mann mit praller Geldbörse, sodass ich mir einen Besuch in dem örtlichen Badehaus, eine ausgiebige Mahlzeit und weiches Bett für die Nacht gönnen konnte. Dazu sollte es jedoch an jenem verhängnisvollen Morgen nicht kommen. Mein grausames Schicksal ereilte mich auf dem Marktplatz. Ich hatte mir einen Bäcker mit den feinsten Waren auf dem Platz ausgeguckt. Nicht ihn wollte ich dabei bestehlen, sondern seine Kundschaft. Doch niemand schien mir geeignet. Ich bemerkte schließlich ein Pärchen sich dem Stand nähern. Sie war von unscheinbarem Äußeren, zugeknöpft bis zum Hals und ihren Flechtkorb dicht bei sich und abgedeckt. Sie sah alles andere als interessant aus. Er dagegen war schon wesentlich lukrativer. Der Kerl mit weißen Haaren und einem seltsam jungen Gesicht dabei, trug einen dunklen Brokatmantel, den er offen hängen ließ. Seine Schuhe und Kleidung zeugten von teurem Geschmack und waren ungemein gut gepflegt. Er musste mehrere Diener haben, die sich um seine Garderobe kümmerten. Sogar Handschuhe aus feinstem Leder trug er bei dem milden Wetter. Unter den Ärmeln aber waren Bänder mit Stickereien zu erkennen. Der Laie hätte diese Stickerei, wenn überhaupt wahrgenommen, für Silber gehalten, tatsächlich aber war der schmucke Besatz in irgendwelchen seltsamen Symbolen aus Mithril gefertigt. Niemand, den ich kannte oder jemals begegnet bin, trug das teuerste Metall dieser Welt als reines Schmuckelement und dann noch lapidar unter dem Mantel wo es niemand sah. Ich vermutete, dass der Kerl entweder eitel oder vorsichtig war. Hätte ich diesen Gedanken doch weiter verfolgt. Das Pärchen blieb tatsächlich bei dem Bäcker stehen und er kaufte ihr nicht nur ein Stück, sondern fast den ganzen Laib Marzipanbrot aus der Auslage. Für diese Art Kuchen fragte sich der Bäcker gute sechszehn Silberstücke. Doch der Kerl reichte seinem Mädchen in seliger Ruhe erst einmal ein Stück und verstaute den Rest unter dem Tuch in ihrem Korb. Der Bäcker wurde sauer und forderte sein Geld, da er dachte, er würde nicht bezahlt werden. Doch wir beide hatten uns in dem Weißhaarigen geirrt. Der wurde nun selbst über die Anfeindung des Bäckers wirsch und zückte seinen Geldbeutel, grundsätzlich ein schlichter Lederbeutel mit Falten. Doch er war schwer gefüllt mit

Gold und Silber. Ich glaubte sogar Plättchen aus Mithril darin zu erkennen. In geübter Manier sah ich wie ich den Beutel fassen musste, um ihn mit einem schnellen Schnitt vom Gürtel lösen zu können. Mein Augenmerk fiel kurz wieder auf den Weißhaarigen, der gab in seinem Zorn dem Händler nur fünfzehn Silberlinge, da er sich die Unverschämtheit nicht bieten ließe. Der Bäcker zürnte und wetterte, als die beiden weiter gingen. Ich hatte mich derweil positioniert und ging beiläufig an dem Mann vorbei. So wie ich es schon tausendfach getan hatte und es schon tausendfach funktioniert hatte. Mit routinierten Handgriff fasste ich nach dem Beutel, löste die Schnurr vom Gürtel und verstaute die Beute in meinen eigenen Beutel zur Tarnung. Handgriffe, die ich im Schlaf beherrschte und für die ich nicht einmal mehr hinsehen musste. Sie waren erledigt, ohne auch nur darüber nachzudenken. Doch für diese fehlende Aufmerksamkeit sollte ich einen hohen Preis bezahlen. Meine Glieder waren wie gelähmt, als ich erneut nach dem gestohlenen Beutel greifen wollte. Unterbewusst hatte sich bei mir das ungute

Gefühl eingeschlichen, dass der Beutel, der nun an meinem Gürtel baumelte zu leicht für das war, was er beinhalten sollte. Ich griff hinein, doch griff ich nur ins Leere. Den entwendeten Beutel besaß ich nicht! Ich ließ mir nichts anmerken und überlegte, ob ich gerade selbst einem Dieb zum Opfer gefallen war, der mich nochmal um meine Beute gebracht hatte. Doch das konnte ich mit Sicherheit verneinen. Ich griff nun auch mit der anderen Hand danach und sah jetzt erst den Grund warum ich den Beutel nicht zu fassen bekommen hatte. Kaltschweißige Angst brannte sich von meiner Haut in mein Fleisch, als meine Augen auf diese Monstrosität sahen. Mir war ein greller Schrei aus der Kehle gefahren, sodass mich jeder ansah. Doch dafür hatte ich keine Augen. Ich umklammerte meine Hand, die wie wahnsinnig pochte und pulsierte. Sie schmerzte und krampfte. Ich musste dabei zu einem wimmernden Häufchen Elend zusammengebrochen sein, denn ich erinnere mich nur noch daran, dass viele Menschen um mich herum standen und zu mir herabsahen. Meinen Arm hielt ich unter der Jacke und dicht an mich gepresst, als hätte das irgendetwas genutzt. Neben dem dröhnenden Pochen prägte sich mir von diesem Moment äußersten Schreckens, mein gestammeltes Schluchzen ein, das ich gebetsartig von mir gegeben hatte „Meine Hand! Meine Hand!" Hatte ich immer wieder mit krächzender Stimme von mir gegeben. Die Menschen hielten mich damals wohl für einen rasenden Irren, da sie den Schrecken nicht gesehen hatten, den ich sehen musste und am eigenen Leib erfahren hatte.»

Es erfolgte in der Abschrift eine Anmerkung des Schreibers: Die Schrift wurde noch krakeliger und war von einer wesentlich schnelleren Hand geschrieben. Auch war gut an dem Schriftbild zu erkennen, dass der ursprüngliche Verfasser fester auf das dicke Papier mit dem Federkiel drückte. Er musste bei dem verfassen dieser Zeilen in jene traumatische Erinnerung zurück versetzt worden sein. Wie sie der Stadtratsbeamte noch erleben sollte.

«Ich war der herbeigerufenen Wache nur mit Mühe und Not entkommen. Ich dachte gar nicht darüber nach, ich handelte einfach und nahm die

Beine in die Hand. Ich versteckte mich für einige Stunden auf dem Dachboden eines Wohnhauses. Mir fehlt dabei die Erinnerung, wie ich es dort unbemerkt hinauf geschafft hatte. Zwischen alten, mottenzerfressenen Kleidern und verstaubten Möbeln saß ich nun kauernd und wimmernd. Meine Karriere als begnadeter Dieb hatte an jenem Tag sein jähes Ende gefunden, so wusste ich. Mehr allerdings auch nicht. Ich besah mir im dünnen Licht des scheidenden Tages das ganze Ausmaß und wage nicht dieses in seiner Scheußlichkeit hier auf Papier zu bringen. So viel jedoch sei dir gesagt; Es ist wahrhaftig grauenerregend etwas Gesundes und Bekanntes in einer derart obszönen Krankhaftigkeit erblicken zu müssen. Es spüren zu müssen wie es sich mit der Kraft der eigenen Gedanken auf eine so abstoßende Art und Weise zu bewegen vermag. In dieser Bewegung steckte jedoch keine Kontrolle oder Ordnung. Seine Bewegungen erscheinen mir selbst nach dieser langen Zeit noch immer willkürlich und mit einer eigenen Selbstbestimmung versehen. Dies ist nun mein Schicksal. Ein Schicksal, das ich täglich mit mir herumtragen muss und zu dem verdammt ich bin. Es jeden Moment meines Wachseins erblicken zu müssen. Und in jedem Moment des Schlafes davon träumen zu müssen. Ein Schicksal, das mich nun langsam in den Tod getrieben hat und das mich gezwungen hat meine Geschichte hier nieder zu schreiben.»

Ich bemerkte vertrocknete Tränen, die das Papier leicht wellten und helle Tintenflecken verursacht hatten. Die Seite endet einfach und die folgenden blieben leer. Ich fand einige Briefe und kurze Nachrichten, die vom Verfasser eingangs berichteten Fragen seiner Bande über seinen Verbleib und warum er sich so plötzlich und unerwartet aus dem Dasein als Dieb zurückzog. Eine genaue Auskunft über den angedeuteten Grund sollte ich darunter auch nicht finden. So stand ich verwirrter denn je in der kleinen Kammer. Ich steckte das Büchlein mit den Briefen ein. Bei meinem prüfenden Blick hinaus graute langsam der frühe Abend. Ich blickte hinüber zur Tür. Gegenüber dieser lag die Schlafstube von Jakob. Ich erinnerte mich des vergammelten Essens und überlegte, ob er wirklich gestorben sei oder einfach Hals über Kopf geflohen war. Möglicherweise hatten seine ehemaligen Schergen ihn ausfindig gemacht. Dies mochte auch den Briefwechsel erklären. Ich wanderte langsam zur Tür, jeder Schritt kam mir dabei so unsagbar laut vor. Die massiven Dielenbretter knarrten protestierend unter meinen Stiefeln, als ich in den Flur zurück trat. Das zuvor noch grell wirkende Licht am Ende des Flures war inzwischen zu einem ermatteten Grau reduziert. Ich entzündete mir eine Kerze auf einer viel zu kurz geraten Kommode und schob langsam die Tür in die andere Kammer auf. Ich hielt den Atem an. Mit dem Öffnen der Tür hatte sich ein Windzug vom Fenster her in Bewegung gesetzt und blies mir seinen modrigen, gar an Fäulnis und Verwesung anmutenden Odem entgegen. Die Kerze tanzte im Windzug und ich hielt die Hand kurz schützend davor. Die beiden Fenster tauchten den in weißem Kalk verputzten Raum in das rötliche Licht der schwindenden Sonne. Ich sah einen heruntergekommenen, wurmstichigen Kleiderschrank zwischen den beiden Fenstern etwas schief stehen. Ein Stuhl und ein zu kurz geratener Tisch standen der Tür gegenüber. Das Bett stand links neben mir an der Wand, die den kleinen Flur abtrennte. Die Bettdecke aus grobem, hellem Leinen war mit scheckig braunen Stellen überzogen. Langsam näherte ich mich dem Bett. Etwas lag darin, denn es schaute ein dunkelhaariger Schopf über dem Kopfkissen hervor. Die Bettdecke war bis unter das fahle Kinn angezogen. Den Kopf von Jakob erkannte ich beim ersten Hinsehen sofort. Doch das Gesicht war bei genauerem Betrachten eingefallen und vertrocknet. Er musste hier schon eine ganze Weile so dagelegen haben. Das jedoch war nicht was mich erschrecken sollte. Durch das Büchlein war ich auf den Anblick eines Toten vorbereitet. Nein, viel Schlimmer sollte das sein, das ich unter der Bettdecke fand, die ich zögernd anhob. Von seinem Schreiben her wusste ich, dass sein unerwartetes Ableben irgendwie im Zusammenhang mit seinen Händen stehen musste. Ich deckte also langsam die Bettdecke auf und taumelte zurück. Durch das Anheben der Leinendecke hatte ich die miasmatischen Dünste freigesetzt. Ein ekelerregender Gestank nach Exkrementen und Tod ließen mich kurz schwindeln. Ich eilte zu einem der kleinen Fenster und stieß es auf. Sofort drang ein kalter Schwall frischer Luft an meinem Gesicht vorbei und ich konnte etwas leichter atmen. Die Kerzenflamme tanzte rasend ihren Veitstanz im glühenden Abendrot. Ich stellte mich mit dem Körper zwischen Fenster und Kerze, sodass sich das flackernde Licht beruhigte. Ich führte die Kerze über den Körper und hielt meine Leichenschau. Der Körper war eingefallen und hatte ein seltsames Grau angenommen. Jakob lag schnurrgerade in seinem Bett und hatte die eine Hand auf dem Bauch abgelegt. Sie wirkte soweit normal. Die andere lag etwas verborgen neben dem Körper der abgewandten Seite. Ich zögerte, fasste aber meinen Mut zusammen und hob die Hand des Toten vorsichtig in das rote Dämmerlicht. Eiskalt rann mir nun das Blut durch die Adern, als ich diese Abscheulichkeit ansah. Die Hand war zwischen den Fingern bis zum Handgelenk gespalten und jeder so verlängerte Finger für sich war auf eine so grauenhafte Art in sich verdreht, verbogen, verzerrt und verwachsen. Ich ließ die Hand sofort fahren und wischte mir meine eigene Hand instinktiv an meinem Mantel ab. Die madenweiße Hand blieb jedoch von der Leichenstarre so wie ich sie losgelassen hatte in dem blutroten Lichtschein stehen. Die Fingernägel waren unterschiedlich gewachsen, mal länger und rissig, einer wirkte als wäre er umgeklappt und wuchs nun in die gegengesetzte Richtung. Manche Fingerknöchel blitzten bleich aus der dünnen und schorfigen, geschundenen, eitrigen Haut heraus. An anderen wuchsen sogar neue Fortsätze oder Stümpfe. Die Gelenke waren in alle Richtungen verdreht und verbogen, in sich oder mit dem Finger neben sich verwachsen. Ein Finger, ich kann gar nicht sagen welcher es sein konnte, war dunkel angelaufen. Diese nekrotische Fäulnis zog sich fort in den Arm, der scheinbar in Elle und Speiche beinah ebenso aufgespalten war. Die Haut war schuppig und einige Stellen flatterten wie weiße, fast durchsichtige Fetzen grässlich in dem Windzug. Die Haut war neben dem tiefroten Verfärbungen und schwarzen, geschrumpelten Stellen, fleckig und unregelmäßig dicht und dünn behaart. Beulen, Abszesse und Geschwülste waren ebenso unregelmäßig auf der Hand und Arm verteilt und in den verschiedensten Farben und Stadien der Verwesung, teilweise weißlich vor vertrocknetem Eiter, andere dunkel von eingefallenen Blutblasen anzusehen. Der Arm war an der Elle teilweise so dünn, dass nur noch Haut den Knochen bedeckte. Ebenso war der blanke Knochen an einem der fingerartigen Auswüchse erkennbar. Entgegen jeder Erwartung und Möglichkeit hörte ich ein leises Knirschen. Ich traute meinen Ohren kaum, aber diese Finger schienen sich vor meinen ungläubigen Augen, trotz des offensichtlichen Todes ihres Besitzers ganz langsam aber sicher weiter in ihrer grotesken Abscheulichkeit zu verdrehen. Dieser grauenhafte, abnorme Anblick traf mich so unerwartet und plötzlich. Meine Glieder versagten mir den Dienst. Ich mühte mich ab das Gleichgewicht zu halten, um nicht auf den Toten zu fallen und musste mit der Kerze die aufgeschlagene Bettdecke berührt haben. Diese ging augenblicklich lichterloh in Flammen auf.

Gebannt und erstarrt sah ich zu wie die grässliche Hand langsam in die Flammen zurücksank. Ich weiß nicht wie lange ich dort stand und warum ich so schreckstarr geblieben bin. Ein Teil von mir glaubt noch heute, dass er diese Monstrosität vernichtet wissen wollte.

Irgendwann aber eilte ich los und holte die Krüge mit dem abgestandenen Wasser. Ich löschte das brennende Bett rasch und verhinderte einen weiteren Brand. Den Pfeifferturm niederzubrennen, dafür wollte ich wahrlich nicht verantwortlich sein. Ich riss später wie im Reflex die Seiten aus dem Berichtsheft, sodass die Wahrheit für immer verborgen bleiben sollte. Geistig ermattet und erschöpft stieg ich den Turm wieder hinunter und schloss zur Sicherheit hinter mir mit dem oben aufgenommenen Schlüssel den Pfeifferturm ab.

Später würde ich dem Rat berichten, dass der Türmer Jakob im Bett verstorben war. Ich log und behauptete, dass er mit einer entzündeten Pfeife im Bett eingeschlafen sei und dort verbrannte. Wie durch ein Wunder sei der Pfeifferturm dabei unberührt geblieben. Ich konnte ihnen nicht die Wahrheit erzählen, da ich diese selbst jetzt kaum glauben kann. Sie hätten mich für verrückt erklärt.

Heute, siebzehn Jahre später schreibe ich anlässlich meines Ruhestandes diesen Bericht und lege ihn in die Chronik der Stadt Nulpen, da ich meine Geschichte irgendjemanden anvertrauen muss. Ich schweige schon so lange darüber, dass ich dieses Ereignis selbst kaum mehr glauben mag. Bei meinem späteren ausführlicheren Lesen der Briefe von Jakob und seiner Bande fand ich einen kleinen Zettel, der mir die Lösung zu diesem wahrlich verdrehten Rätsel aufzuzeigen vermochte. Ich hatte monatelang keine Erklärung wie der Weißhaarige zu dieser verdrehten Hand stehen konnte. Meine Pflichten für den Stadtrat hatten mich bisher daran gehindert selbst nach Fauroe zu gehen und ihn aufzusuchen. Nachdem ich diesen Ausschnitt allerdings gelesen hatte, da wagte ich es nicht mehr und war auch froh darum es nicht getan zu haben. Der gefundene Zettel war offenbar aus einem Buch herausgerissen worden. Welches, das habe ich nie herausgefunden und wollte es auch nie in Erfahrung bringen. Mir graut es vor der Vorstellung, dass sich dort noch weitere Abscheulichkeiten finden ließen und mein schon erschüttertes Weltbild noch weiter entrückt werde. Ich lege diesen ausgerissenen Zettel zu meinem Bericht. Jeder Leser soll sich selbst ein Bild machen, denn den Inhalt wage ich nicht mit meinen eigenen Worten zu verfälschen. Auch vermag ich keinen Gedanken länger an das Gesehene oder Gelesene zu geben. Ich werde nun endgültig den Mantel des Schweigens darüber ausbreiten. Auch das Vergessen wünsche ich über den grässlichen Anblick, den ich in der Schlafstube des Türmers Jakob erblicken musste und den die Flammen zur Unkenntlichkeit verzehrten.

Der beigefügte, ausgerissene Text entstammte scheinbar einer Art Reisebericht. Welchen, das konnte bislang nicht festgestellt werden. Er beinhaltete nur diese nachfolgenden Zeilen:

«Diebe, man sollte es kaum glauben, gibt es in Haeresien vielerlei und mancher ist schon fast nackend aus dem dichten Menschengedränge seiner

Städte entstiegen. Dieser Dreistigkeit vermag sich nur der Aufmerksame mit allerlei strengen Werkzeug, wie der Peitsche oder Knüttel zu entziehen. Es gibt allerdings eine sicherere Methodik, ausgedacht und ersonnen von den grausamen Septevaren, jenen verabscheuungswürdigen und verhassten Teufeln, die der abscheulichen und in allen Herrenländern verbotenen Blutsmagie mächtig sind. Denn unter jenen allein gibt es Wenige, aber Mächtige, die diese Sicherung unbeschadet zu nützen wissen. So nehme man aus dem noch jungen Stamme der vielbekannten und das Leben verachtenden Blutweide ihr Herzstück. Dieses sogenannte Totholz allein vermag es zum Schutze des noch zarten Baumes eine Bändigung von Knochen und Fleisch dergestalt, dass es in allerlei chaotische Bahnen jeden Finger und jedes Glied sich verrenken und verbiegen lässt, wie der Wind den Grashalm, sodass nichts und niemand dies Stämmlein mit seinem Fleische zu berühren vermag. Diese Funktion gilt normalerweise zum Schutz vor dem hungrigen Tier. Legt man ein solches Totholz in die eigene Geldbörse, so birgt es jedoch einen fantastischen Schutzmechanismus. Kein Dieb vermag diese Geldbörse zu berühren. Sollte er es dennoch wagen, so verdreht und verbiegt sich jeder Knochen in aller erdenklichen Richtungen und es schmilzt jeder Muskel im Fleisch und erstarrt wie kaltes Wachs, zieht jener Dieb seine ungeschützte Hand einmal wieder aus dem Dunstkreise dieser blutrünstigen Macht.»